VIENS À MOI

DES RISQUES À PRENDRE

J.H. CROIX

Chapitre Un

GEMMA

Je haletai en courant à travers le parking gravillonné.

— Charlie ! hurlai-je.

Mon cheval agita la queue avant de se mettre à trotter.

— Petit con, marmonnai-je.

J'étais loin d'être aussi rapide que lui, mais il fallait au moins que je le suive en espérant qu'il finirait par se fatiguer. Je poursuivis ma course effrénée, un juron aux lèvres lorsque je trébuchai sur un rocher, priant en silence pour que Charlie ne finisse pas sur la double-voie de Diamond Creek.

Notre petite ville d'Alaska était peu animée, à l'exception peut-être de l'été, où les routes étaient embouteillées par les caravanes. J'entendis le rugissement d'un moteur de moto dans mon dos et espérai que le conducteur faisait attention à la route. Je vis la queue de Charlie s'élever dans les airs alors qu'il se tournait pour regarder derrière lui, sa crinière dansant dans le vent.

La moto me dépassa prudemment avant de ralentir. Je devinai que son conducteur devait avoir repéré mon cheval échappé. Les étriers ballottèrent alors que Charlie s'arrêtait enfin, tourné vers moi.

— Charlie ! appelai-je.

J'avais beau être en forme, je peinais à reprendre mon souffle.

Je devais avoir couru sur trois bons kilomètres, bien plus vite que je l'aurais préféré. Je m'arrêtai, les mains sur les genoux. J'entendis de nouveau le moteur de la moto approcher, cette fois dans la direction opposée.

— Oh non, marmonnai-je pour moi-même.

Je levai la tête, soulagée de voir le motard ralentir alors qu'il dépassait Charlie. Je me remis en marche d'un pas rapide. La moto ralentit à côté de moi.

— C'est votre cheval ? me demanda son conducteur.

J'acquiesçai en me remettant à courir. J'ignorais pourquoi ce type me demandait ça. Avec son casque, je n'étais même pas certaine de le connaître. J'avais rencontré encore peu de monde à Diamond Creek, à l'exception des personnes qui fréquentaient mes cours de yoga et des employés de mon nouveau café préféré.

Le motard s'arrêta avant de faire demi-tour prudemment. Quelques instants plus tard, je le vis s'arrêter à côté de moi alors que je lançais un regard par-dessus mon épaule. Puis il remonta la visière de son casque, et je constatai qu'il s'agissait de Diego Jackson.

Des papillons prirent leur envol dans mon ventre à l'instant même où mon regard croisa le sien. De tous les hommes qui vivaient à Diamond Creek, il avait fallu que je tombe sur Diego.

Mes hormones s'affolèrent aussitôt. J'avais rencontré Diego à plusieurs reprises par le passé. Il était venu à quelques-uns de mes cours de yoga avec son ami, Flynn, qui l'y traînait avec plusieurs autres de leurs amis chaque fois que la petite-amie de Flynn voulait qu'il l'accompagne. Ces types respiraient la testostérone et étaient tous aussi séduisants les uns que les autres. Mais Diego était le seul à me faire perdre mes moyens de cette façon.

— Montez, Gemma, me dit Diego en tapotant le siège derrière lui. Je n'irai pas trop vite, c'est promis. Vous portez déjà un casque, en plus.

Il pointa du doigt mon casque de cavalière.

J'hésitai, avant de lancer un regard à Charlie qui agita la

queue de nouveau avant de se remettre à trotter. Il était évident que je ne le rattraperais pas à pied.

— Ça ne vous dérange pas, vous êtes sûr ? demandai-je.

Je redoutais l'effet que me ferait le fait de me retrouver assise derrière Diego, pressée contre son corps musclé.

J'ignorais même qu'il avait une moto, bien qu'il fallait avouer que je ne savais pas grand-chose sur lui. En dehors du fait qu'il avait un corps de dieu grec, et qu'il était pilote d'avion.

— Certain. Sans vouloir vous vexer, je doute que vous arriviez à rattraper votre cheval à pied. Il sera bientôt en ville, c'est dangereux.

J'étais une femme raisonnable, et je savais qu'il avait raison. Aussi, je n'hésitai pas plus longtemps et je grimpai derrière Diego, ignorant la vague de chaleur qui me submergea en réponse.

— Tenez-vous à moi, ordonna-t-il.

Je glissai les bras autour de sa taille. Diego portait une veste en cuir, mais elle peinait à dissimuler combien son corps était musclé. Les battements de mon cœur s'affolèrent.

— Je ne vais pas aller trop vite, me dit-il par-dessus son épaule.

Puis il se mit en route.

Le moteur vrombissait entre mes cuisses. Je n'avais jamais fait de moto. J'avais l'impression que ses vibrations résonnaient dans tout mon corps alors qu'il accélérait doucement.

Nous rattrapâmes mon cheval en moins d'une minute. Cela ne faisait que quelques mois que j'avais Charlie. Il était époustouflant avec sa robe grise mouchetée et sa stature élégante. J'adorais voir sa crinière s'agiter dans le vent comme elle le faisait maintenant.

Sa bride tinta alors que les rênes bondissaient, les étriers frottant contre son flanc. Il nous lança un regard en coin avant de s'ébrouer. Je sentis Diego rire, pressée contre son corps.

— Il se croit drôle, lui criai-je par-dessus son épaule.

Charlie m'esquiva avant d'accélérer lorsque je tentai d'at

traper les rênes. Provocateur, il lança un autre regard à la moto de Diego en soufflant lorsque nous le rattrapâmes de nouveau.

Mais Diego fut plus rapide que lui, cette fois. Il attrapa les rênes, qu'il tint fermement tout en ralentissant. Il s'arrêta au bord de la route, et Charlie fut assez intelligent pour en faire autant. Je descendis de moto avant de récupérer les rênes de mon cheval.

— Merci. J'aurais couru toute la journée sans votre aide.

Diego remonta sa visière de nouveau et retira son casque avant de passer la main dans ses boucles d'ébène. Ses yeux verts admirèrent Charlie avant de trouver les miens, affolant les battements de mon cœur.

Les divinités de la beauté s'étaient montrées plus que généreuses avec Diego. Ses yeux étaient telle une forêt verdoyante emplie de secrets, mystérieux et fascinants. Ils avaient une place de choix au milieu de son visage renversant, composé d'une mâchoire franche, d'une bouche sensuelle et de pommettes à faire pleurer un sculpteur. Il était aussi incroyablement musclé.

J'étais normalement toujours très calme lorsque je donnais mes cours de yoga, mais il affolait mon corps chaque fois qu'il y assistait. Il avait l'habitude de venir en T-shirt moulant et short de sport qui peinait à dissimuler son petit cul rebondi. Sans oublier ses épaules larges et ses cuisses puissantes. Tout chez lui était hypnotisant. Je commençais même à croire que ses orteils pourraient me faire défaillir s'il me les montrait.

Le regard de Diego retourna se poser sur Charlie.

— Il est magnifique.

J'acquiesçai en me tournant vers mon cheval.

— Magnifique et une vraie teigne.

Charlie donna un coup de museau dans mon épaule et je le grattai derrière les oreilles.

— Vous avez beaucoup de route pour rentrer ?

— Quelques kilomètres. Encore merci. Je m'inquiétais qu'il aille jusqu'en ville.

— Il vous a envoyée valser ?

Je soupirai.

— Oui. Il est encore un peu sauvage. Je ne pense pas le sortir du champ avant un moment après tout ça.

Diego rit et mon ventre bondit. Bordel de merde. Ce mec me rendait dingue, et je devais avouer que c'était plus que perturbant.

— Donc vous êtes prof de yoga et cavalière. Je me demande ce que j'ignore d'autre à votre sujet, dit-il, un petit sourire ultra séduisant aux lèvres.

Je peinais à reprendre mon souffle.

— Pas grand-chose.

— Et si je vous raccompagnais jusque chez vous, au cas où Charlie déciderait de jouer les perturbateurs de nouveau ?

J'étais sur le point de refuser lorsque je réalisai que ç'aurait été une erreur. Charlie s'était dérobé à deux reprises avant de me mettre au tapis, et je n'avais pas franchement envie de refuser la proposition de Diego et de me retrouver à courir après mon cheval de nouveau.

— Ça ne vous dérange pas ?

— Je ne vous le proposerais pas, autrement.

— Bon, très bien.

Je montai Charlie avant de me tourner vers Diego, qui avait rabaissé sa visière et m'attendait. Je donnai gentiment des talons et il se remit à trotter. Heureusement, Charlie ne semblait pas perturbé par le rugissement de la moto derrière nous, mais Diego prit malgré tout soin de rester à distance et de faire le moins de bruit possible.

Un peu plus tard, Charlie entrait dans la grange d'un pas tranquille. Je me tournai pour faire signe à Diego et lui criai : « Merci ».

Je me hâtai de retirer la selle de Charlie et sa bride, avant de lui mettre son licou. Après l'avoir brossé, je l'installai dans son box avec un peu de foin et d'eau. Le tout ne m'avait pas pris plus de cinq minutes.

Je ne m'attendais pas à trouver Diego en train de m'attendre en sortant, pourtant sa moto était encore là. Il avait retiré son casque et semblait absorbé par son téléphone.

Le cœur affolé et le ventre remué par une nouvelle envolée de papillons, j'approchai. L'ignorer serait malpoli. Sans son aide, Charlie aurait pu finir au milieu de la ville et des voitures, ce qui aurait été catastrophique.

— Compris, dit Diego dans son téléphone. Je serai bientôt rentré.

Il raccrocha en se tournant vers moi. Son casque était posé sur ses genoux. Bon sang, il était si *viril*, assis sur sa moto dans son jean déchiré et sa veste en cuir.

— Charlie est bien rentré ? me demanda-t-il.

J'acquiesçai, incapable de dire le moindre mot. Mes pensées s'embrouillaient rien qu'en le regardant et je doutais pouvoir dire quoi que ce soit. Je le vis observer la grange et le champ adjacent avant de se tourner vers la petite maison qui se dressait de l'autre côté de l'allée gravillonnée.

J'avais eu une chance folle en décrochant ce travail et en tombant sur cette maison. Les propriétaires avaient déménagé et avaient eu besoin de quelqu'un pour s'occuper des chevaux. Il y en avait quatre, dont deux qui étaient à eux.

Ils louaient les box restants à deux autres chevaux. On me payait pour m'en occuper, et on m'avait autorisée à en monter un moi-même. La location de la maison faisait partie du contrat, avec un loyer réduit. C'était cette opportunité en or qui m'avait permis de venir m'installer en Alaska tout en me laissant le temps de faire décoller mon studio de yoga.

J'avais longtemps rêvé de venir faire ma vie en Alaska après avoir gagné un voyage tous frais payés durant lequel j'étais tombée amoureuse du coin. Je m'étais creusé la tête pour trouver un moyen de réaliser mon rêve, et le ciel avait fini par m'entendre.

— C'est un très bel endroit, commenta-t-il.

Les arbres qui bordaient la maison étaient surplombés par les montagnes, et on apercevait les eaux étincelantes du port à travers leurs branches.

— La vue est toujours belle ici, répondis-je.

Un sourire traversa ses lèvres.

— C'est vrai.

Il admira les montagnes un instant avant de se tourner vers moi de nouveau.

— Je devrais y aller. On se verra sûrement pour votre cours de yoga.

— Venez quand vous voulez.

Un nouveau sourire.

— Seriez-vous en train de sous-entendre que je ne suis pas assez assidu, Gemma ?

Mon corps s'embrasa à son ton taquin. Je sentis mes joues chauffer alors que je haussais les épaules.

— Non, bien sûr. Je sais que si vous venez à mes cours, vos amis et vous, c'est parce que Daphné et Cammi vous forcent, dis-je, évoquant les copines de ses meilleurs amis.

Diego éclata de rire.

— Peut-être, mais je passe toujours un très bon moment quand je viens.

Chapitre Deux

DIEGO

Gemma Marlon se tenait devant moi, triturant l'ourlet de son T-shirt d'une main, son casque pendu à l'autre. Elle avait l'air un peu nerveuse, tout comme moi. Je me demandai si cela était dû aux étincelles qui volaient entre nous, chaque fois que nous étions ensemble.

Cette alchimie me remuait toujours et faisait frémir tout mon corps de désir. Je l'avais rencontrée lorsque Flynn nous avait traînés à un cours de yoga auquel Daphné l'avait supplié de l'accompagner.

Les amis que j'avais ici étaient un peu comme ma famille, et je m'étais donc joint à lui avec plaisir. Je m'étais dit que ce ne serait qu'un mauvais moment à passer. Mais dès l'instant où j'avais posé les yeux sur Gemma, j'avais regretté que son cours ne dure pas plus longtemps. Sa beauté était unique, et elle avait une voix sensuelle qui m'avait presque mis à genoux la première fois que je l'avais entendue. Je doutais qu'elle fasse exprès de m'exciter comme un fou chaque fois que j'assistais à l'un de ses cours, et il fallait que je me fasse violence pour dissimuler mon trouble.

Elle lâcha l'ourlet de son T-shirt pour passer la main dans ses boucles ébouriffées. Elle avait de longs cheveux dorés qui cascadaient sur ses épaules et me donnaient envie de les écarter pour déposer des baisers dans sa nuque.

Je me figeai, profitant du moment pour l'admirer. Elle avait de grands yeux bruns et bien que l'été soit toujours doux en Alaska, sa peau était hâlée comme du miel. Elle était un peu petite, avec un corps ferme aux courbes enchanteresses. J'avais aimé la sentir derrière moi sur ma moto, ses cuisses collées aux miennes. J'avais eu si envie de me tourner et de l'embrasser à perdre haleine.

Nous nous fixâmes en silence pendant de longues secondes, et je fus fasciné que cela ne la mette pas mal à l'aise.

Après un moment, elle ajouta :

— Vous devez avoir vu les plus beaux coins de l'Alaska.

J'en avais oublié notre conversation.

— Comment ça ?

— Avec vos voyages en avion, expliqua-t-elle en levant la tête vers le ciel.

Il était d'un bleu époustouflant aujourd'hui, entrecoupé de nuages laiteux agités par le vent.

— Vous avez fait un tour d'avion depuis votre arrivée ?

Elle secoua la tête et ses boucles dansèrent.

— J'ai pris l'avion pour venir, c'est tout.

— Je vous emmènerai en promenade, dans ce cas. On ne voit pas grand-chose dans un vol commercial. Ça n'a rien à voir avec les avions plus petits.

— Vous feriez vraiment ça ? demanda-t-elle d'un air ravi.

— Bien sûr.

Mon téléphone vibra dans ma poche. Mon réveil, qui me faisait savoir qu'il était temps de me mettre en route pour le hangar si je voulais arriver à l'heure pour mon vol prévu un peu plus tard.

— Mais pas aujourd'hui, il faut que j'y aille. Donnez-moi votre numéro, dis-je en sortant mon téléphone. Je vous envoie un message dès que j'ai une journée de libre.

— Ce n'est pas un peu cher, ce genre de balade ?

— Je ne vous demanderai rien.

Gemma se mit à secouer la tête et je l'imitai, la mâchoire serrée.

— Je suis sérieux. Donnez-moi votre numéro, répétai-je.

Elle me le récita et je l'enregistrai avant de lui envoyer un message.

— Comme ça, vous aurez aussi le mien. Allez, j'y vais.

Je mis mon casque.

— Encore merci ! me dit-elle alors que je démarrais ma moto.

Je la saluai d'un geste de la main avant de me mettre en route. Elle habitait non loin du petit aéroport de Diamond Creek réservé aux avions privés, une industrie importante de l'Alaska. J'étais pilote et je travaillais pour l'un de mes meilleurs amis, Flynn Walker, qui possédait une auberge située au beau milieu de la nature, à une trentaine de kilomètres de Diamond Creek. Ils proposaient diverses activités extérieures à leurs clients, dont des balades en avion.

J'avais rencontré Flynn lors de mon service dans l'Air Force, et j'étais prêt à donner ma vie pour lui. Nous étions quatre à nous être installés ici lorsqu'il nous avait proposé de nous joindre à lui. C'était un travail de rêve. J'adorais piloter, et l'Alaska était magnifique, d'une beauté à couper le souffle.

J'avais eu besoin d'un endroit où poser mes valises lorsque j'avais quitté l'Air Force et l'Alaska s'était révélé être pile ce dont j'avais besoin. Mes meilleurs amis, que j'aimais comme des frères, étaient tous là, et j'avais la chance de pouvoir vivre et travailler à leurs côtés. Diamond Creek était une petite ville mais elle plaisait beaucoup aux touristes, si bien qu'on y mangeait très bien et qu'on y trouvait tout ce qu'il nous fallait. Je n'avais jamais trop aimé faire du shopping, mais bien manger et être entouré de mes proches était essentiel à mes yeux.

J'arrivai au hangar pile à l'heure. J'attendis la famille qui avait réservé une balade en prenant note de vérifier mes horaires pour pouvoir dire à Gemma quand j'aurais une journée de libre à lui consacrer. J'étais même prêt à lui en consacrer plus d'une.

————

Grant jeta un billet de cinq à son grand frère, Flynn, en levant les yeux au ciel.

— Tiens, voilà. T'as gagné.

Flynn récupéra le billet qui s'était échoué sur la table en riant.

— T'inquiètes, tu le récupéreras.

Je souris à Grant.

— Ça, c'est sûr. Flynn est devenu plus que mauvais aux cartes depuis qu'il s'est mis avec Daphné.

Assis sur le canapé à côté de moi, Flynn me donna une petite tape sur l'épaule.

— Je ne suis pas si mauvais que ça.

Tucker, qui était assis à l'autre bout du canapé, lança un regard sceptique à Flynn.

— Oh que si. Mais c'est pour la bonne cause. On est tous très heureux pour toi. Et puis moi, ça me permet de maximiser mes gains alors je ne m'en plains pas.

— Oui enfin, ce n'est pas comme si on misait des sommes folles non plus, intervins-je alors que Flynn mélangeait les cartes.

Je travaillais là depuis près de quatre ans déjà. Flynn dirigeait Walker Adventures avec son petit frère, Grant, celui-là même qui se moquait de lui, ainsi que sa petite sœur, Nora. Je supposais que Cat comptait aussi, mais elle avait à peine dix-sept ans. C'était leur mère qui avait ouvert l'auberge avec le beau-père de Flynn, bien qu'ils n'aient jamais vraiment réussi à faire fleurir leur affaire. Ils étaient tous les deux décédés à quelques années d'intervalle, après quoi Flynn avait quitté l'Air Force pour rentrer au bercail s'occuper de ses frères et sœurs. Flynn était l'aîné de la fratrie, le seul à ne pas partager le même père que les autres. Nous avions fait l'Air Force ensemble, avec Tucker et Elias, ce dernier n'étant pas avec nous ce soir. Il devait être trop occupé avec sa petite-amie, Cammi. Il fallait dire qu'il était fou d'elle.

— On est sortis de la phase lune de miel, Daphné et moi, commenta Flynn en distribuant les cartes. Je ne suis pas aussi accro qu'Elias.

Grant acquiesça, solennel.

— C'est vrai. Mais vous êtes quand même sacrément joyeux tous les deux, ces derniers temps.

— En parlant de joyeux, où est passé Gabriel ? demandai-je.

— Depuis quand est-ce que Gabriel est joyeux ? intervint Tucker, un sourire au coin des lèvres.

— Il devait assurer le dernier vol de la journée et il m'a dit qu'il allait faire quelques réparations à son avion avant de rentrer, expliqua Flynn.

Tucker croisa mon regard mais je choisis de ne pas répondre. Je ne doutais pas que Gabriel se chargerait de ces réparations. Nous avions tous été formés à ça dans l'armée. Mais je suspectais que ce n'était pas tout ce qu'il avait prévu. Sachant que Nora n'était pas au restaurant de l'auberge non plus, j'avais de bonnes raisons de penser qu'elle était allée donner un coup de main à Gabriel. Ces deux-là passaient leur temps à se sauter à la gorge autant qu'à essayer de cacher le fait qu'il leur arrivait régulièrement de finir dans le lit l'un de l'autre. J'ignorais quel était leur accord, mais il était indéniablement tumultueux. Flynn devait être au courant, lui aussi, mais il était trop occupé avec Daphné pour vraiment y prêter attention.

Nous poursuivîmes notre partie. Nous avions pris l'habitude de nous retrouver pour jouer aux cartes au moins une fois par semaine. C'était quelque chose que nous faisions depuis l'armée. Et même si Elias passait presque tout son temps avec Cammi ces temps-ci, il prenait malgré tout la peine de se joindre à nous toutes les deux semaines environ.

Lorsque nous arrivâmes à la fin de la partie, Flynn se leva pour partir avant de s'arrêter pour demander :

— Qui vient au yoga demain ?

Flynn vivait dans l'aile privée de l'auberge avec Daphné et sa sœur, Cat. Grant, Tucker, Gabriel et moi partagions quant à nous une maison que nous avions construite ensemble deux ans plus tôt. Elias y avait toujours officiellement sa chambre, mais il ne l'utilisait plus franchement très souvent.

Tucker ricana.

— Pas moi, merci.

Grant poussa un soupir.

— Je serai là. Je me suis senti super coupable quand Daphné m'a demandé pourquoi je n'étais pas venu la dernière fois.

Nous avions tous beaucoup de mal à dire « non » à Daphné. Elle nous nourrissait si bien depuis qu'elle était devenue chef de l'auberge que nous avions tous l'impression de devoir lui renvoyer l'ascenseur d'une façon ou d'une autre.

— Je viens aussi, intervins-je.

J'avais envie de revoir Gemma, et le fait que le yoga me fasse du bien était un bonus appréciable.

Tucker rit.

— Je ne suis pas aussi sensible que vous, de toute évidence. J'adore la bouffe de Daphné et je la couvre de remerciements à chaque repas. Et puis, tu la payes, non ? demanda Tucker, l'air horrifié à l'idée que Flynn puisse la faire travailler à l'œil.

— Bien sûr que je la paye.

Flynn semblait profondément offensé que son ami ait pu penser le contraire.

— Bon allez, à demain, conclut Flynn.

— Quand est-ce qu'Aubrey doit venir s'installer ici, au fait ? demandai-je à Tucker une fois notre ami parti.

— L'année prochaine. Elle vient de décrocher sa licence de pilote et tout. Je ne sais pas encore si ça me ravit franchement de voir ma sœur s'installer dans le coin, mais Flynn dit que ça ne nous ferait pas de mal d'avoir un autre pilote sous la main.

— Hé mon pote, je te rappelle que je vis avec mes deux sœurs et que j'ai mon grand frère pour patron, intervint Grant. Tu devrais arriver à survivre, je pense.

Tucker rit.

— T'as pas tort.

Son regard croisa le mien.

— Comment vont tes sœurs, au fait ?

J'étais l'aîné d'une fratrie de cinq, avec quatre petites sœurs. J'avais plus que ma dose de femmes. Ma famille était proche, très proche. Mais nous étions aussi tous très différents. Mon père avait fait partie de l'Air Force et nous étions donc gosses de militaire, habitués à bouger constamment. Mon père était décédé depuis, tout comme ma mère. Ils nous manquaient tous deux terriblement, et je prenais des nouvelles de mes sœurs sans faute plusieurs fois par semaine.

— Très bien. Aucune d'entre elles n'est pilote donc je n'ai pas à m'inquiéter qu'elles viennent s'installer ici pour travailler avec nous. Alors bon, elles finiront forcément par venir me rendre visite, mais sûrement pas toutes en même temps.

— C'est bien que vous vous entendiez, commenta Grant.

— Je ne sais pas si on peut franchement dire ça, sifflai-je.

Nous nous aimions mais il n'était pas rare que nous nous disputions. Nous n'avions pas peur de dire ce que nous pensions dans la famille ; c'était peut-être même un problème, d'ailleurs.

— D'où est-ce que tu viens, déjà ? me demanda Grant.

Grant était pilote lui aussi, mais il n'avait pas fait l'Air Force avec nous. Il avait sept ans de moins que Flynn.

— D'un peu partout. Je suis né au Texas mais mon père était dans l'armée, du coup on a beaucoup bougé. On est retournés au Texas un peu plus tard quand mon père était stationné là-bas. C'est là que j'ai fini le lycée. Comme mes deux parents étaient bilingues en espagnol et nous aussi, il a décroché un poste de traducteur quand il a pris sa retraite de l'armée. Il a monté sa boîte de construction ensuite. Il s'est bien débrouillé.

— Et ça te plaît, l'Alaska, alors ? C'est complètement différent du Texas.

Je haussai les épaules.

— C'est vrai, mais quand on grandit avec un père militaire on a l'habitude de changer de paysage. J'ai beau être né au Texas, on est parti quand j'ai commencé l'école. Je connais bien l'endroit vu qu'on y est retournés plus tard, mais pour moi, la « maison » c'est plus un sentiment qu'un endroit. J'adore l'Alaska. C'est magnifique, et vous êtes un peu comme ma famille, autant que mes sœurs.

En parlant de sœurs, mon téléphone sonna et je jetai un œil à l'écran.

— C'est Harley. Je ferais mieux de répondre si je ne veux pas qu'elle me passe un savon, commentai-je.

Mes amis rirent alors que je me levais et me dirigeais vers la cuisine pour répondre.

— Coucou, sœurette.

— Coucou. Dis, je peux venir te rendre visite ? demanda-t-elle, allant droit au but, comme toujours.

— T'es toujours la bienvenue, tu le sais. Qu'est-ce qui se passe ?

— Je viens de larguer Joey, du coup il me faut un point de chute. Il est hors de question que je retourne au bureau pour voir sa tronche de cake. Je me suis dit que je pourrais squatter ton canapé en attendant de décider ce que je vais faire, expliqua Harley.

Harley avait un sacré caractère. Elle n'était pas méchante, mais très impulsive. Elle prenait ses décisions rapidement, et passait à l'action sans réfléchir lorsqu'elle était contrariée.

Je songeai à la chambre vide d'Elias à l'étage.

— Ce serait avec plaisir. Préviens-moi quand t'arrives.

— Ce ne sera sûrement pas avant quelques semaines. J'ai prévu de passer deux semaines chez Thérèse, m'informa-t-elle, parlant de l'une de nos autres sœurs. Je ne l'ai plus vue depuis un moment. Je viendrai chez toi juste après.

— Pas de soucis.

— Nickel. Je t'aime.

Elle raccrocha alors même que je disais :

— Moi aussi.

Je secouai la tête en riant, les yeux braqués sur mon télé-phone dans ma main. J'adorais ma sœur mais elle avait le don de s'attirer des ennuis. Elle avait *toujours* un avis à donner sur la façon dont je menais ma vie. Son séjour ici promettait d'être intéressant.

Chapitre Trois

GEMMA

Je mordis dans mon scone et un délicieux arôme d'orange se répandit sur ma langue.

— Oh là là, gémis-je, la bouche encore pleine.

Je gémis de nouveau avant d'avaler. Puis je me tournai vers Cammi.

— C'est un délice. Je croyais que la pâtisserie n'était pas ton fort ?

Cammi sourit, une étincelle au fond de ses yeux bleus.

— Non, effectivement. Je me suis arrangée avec Daphné, qui travaille à l'auberge. C'est elle qui me prépare mes pâtisseries. Elle est vraiment douée. Et les pilotes du coin me livrent chaque matin quand ils viennent boire leur café avant le travail.

— Eh ben. Ton café était déjà délicieux mais alors là, c'est le rêve.

Je le pensais sincèrement. J'avais découvert le *Misty Mountain Café* lors de mon deuxième jour en ville et j'avais tout de suite adoré l'endroit.

Cammi me lança un sourire resplendissant.

— Merci, vraiment. Comme je te l'ai dit, le café était mon seul domaine d'expertise avant cette année. C'était un vrai défi de reprendre cet endroit pour moi, et j'ai tout de suite su qu'il allait falloir que je bûche le menu si je voulais réussir.

— Tu ne fais plus de massages, alors ? demandai-je.

Cammi m'avait expliqué qu'il lui arrivait de travailler dans un cabinet de kiné pendant l'hiver.

— Oui, je n'ai pas eu le choix. Je n'ai plus le temps. Tu masses, toi ? Comme tu fais du yoga.

Je souris.

— Non, je préfère me concentrer sur mes cours. Et sur les chevaux. J'adore passer du temps avec les animaux, ça me fait vraiment du bien.

— Tant mieux, il faut faire ce qu'on aime. Tu comptes rester à Diamond Creek un moment ? me demanda-t-elle en préparant le café que j'avais commandé.

— J'aimerais bien. Je ne pensais pas avoir assez de monde pour mes cours, mais j'ai réalisé que si je double mes horaires l'été, j'arriverai à remplir mon studio avec les touristes. Et en hiver, je pourrais faire payer un abonnement mensuel aux locaux avec des petits extras en plus. J'adore vivre ici.

— Diamond Creek est un très bel endroit. J'ai grandi ici alors je ne suis peut être pas tout à fait objective mais... on a beau être au milieu de nulle part, on a des restaurants sympas et plein de boutiques pour faire du shopping. Le mélange parfait entre petite ville et métropole.

Je me tournai pour regarder à travers la vitrine du petit café, qui avait une vue imprenable sur les montagnes et la baie qui scintillait dans les rayons du soleil.

— La vue est magnifique. Loin de celle d'une ville. Mais t'as raison en ce qui concerne les restaurants et le café. Bon allez, je te laisse. J'ai un cours à donner.

Cammi me salua d'un geste de la main.

— On se voit au cours de ce soir.

Mon téléphone sonna alors que je me mettais en route pour mon studio de yoga. Mon tableau de bord me fit savoir qu'il s'agissait de ma mère. J'inspirai profondément. J'avais beau adorer ma mère, ses coups de fil pouvaient être une vraie corvée, parfois.

Je répondis malgré tout.

— Coucou, maman.

— Gemma ! Alors, c'est comment, l'Alaska ?

— Toujours super, maman. Comme je te l'ai dit il y a trois jours.

Le soupir de ma mère se fit entendre dans le haut-parleur.

— Je sais, ma belle. J'ai encore du mal à m'habituer au fait que tu sois si loin.

— Je sais, maman. Mais je ne suis pas aussi loin que ça, tu sais. Portland est à seulement quatre heures en avion.

— Je sais, je sais. Tu nous manques.

Je tournai pour prendre la route qui menait à mon studio.

— Tu me manques aussi. Je serais vraiment ravie que vous veniez tous me rendre visite bientôt. La météo est super agréable en été.

— J'en parlerai à ton père pour voir si ça peut le faire avec son travail. J'espère que tu t'es fait des amis.

Je ravalai un soupir. Ma mère avait le don de se faire un sang d'encre pour rien.

— Je te jure que oui. J'ai un cours dans quelques minutes, il faut que je te laisse. Je t'appelle ce week-end, d'accord ?

— D'accord, ma puce. Je t'aime.

— Moi aussi.

Je raccrochai et pris une grande inspiration alors que je tournais sur le parking, m'ordonnant de ne pas me sentir coupable d'avoir déménagé. J'avais la chance d'avoir deux parents aimants et un grand frère adorable, lui aussi. Mais le cliché, « la famille c'est compliqué », s'appliquait très bien à nous. L'amour ne faisait qu'ajouter une couche à toutes ces complications.

Je ne me décrirais pas comme le vilain petit canard de la famille mais presque. Je n'y avais jamais vraiment trouvé ma place, et j'avais toujours eu l'impression d'être une déception.

Mes deux parents étaient brillants. Tous deux des avocats accomplis.

Mon frère, lui, avait été très bon élève, le meilleur de sa classe, et avait terminé la fac en trois ans, l'école de droit en deux. Il faisait tout à vitesse grand V. Difficile de suivre son exemple. Mes parents m'avaient toujours donné l'impression de ne pas savoir quoi faire de moi, parce que je n'avais pas été aussi douée pour les études que mon frère. Ils n'avaient jamais compris pourquoi je ne réussissais pas, refusant pourtant de creuser le problème. Lorsqu'ils m'avaient enfin fait passer des tests qui avaient permis de mettre en évidence ma dyslexie, j'avais réussi à redresser la barre. Mais j'avais dû fournir des efforts incroyables pour rattraper mon retard, ce qui m'avait pétrie de frustration.

Je n'avais jamais réussi à dépasser ce sentiment d'échec. Heureusement, j'étais très douée pour le sport. J'adorais le softball et j'avais été la star de mon équipe au lycée, jusqu'à ce que mon coach se comporte de façon inappropriée avec moi et certaines des autres filles de l'équipe.

Ce n'est jamais très drôle d'être une statistique ; une énième adolescente victime des avances déplacées d'un adulte.

Mes parents n'avaient pas su de quelle façon régler le problème. Entre le scandale avec mon coach et ma blessure au dos l'année suivante, ma carrière sportive universitaire, quoique prometteuse, était partie en fumée. Le seul point positif dans tout ça était que j'avais eu la chance de découvrir le yoga en cherchant des moyens de soulager ma blessure. J'adorais ça, et j'adorais donner des cours. Entre ça et le cheval, un autre passe-temps découvert dans mon enfance qui m'apportait paix et sérénité, j'avais su tracer ma route, une route qui m'avait menée par hasard en Alaska.

Aujourd'hui, mes parents avaient l'air de dire que je vivais à l'autre bout du monde et étaient encore un peu vexés que j'aie choisi de quitter Portland. Ils se sentaient coupables de ne pas avoir décelé mes problèmes scolaires plus tôt, et plus encore de ne pas avoir su réagir correctement après ce qui s'était passé avec mon coach. Je savais qu'ils ne s'attendaient pas à ce que je change pour eux, mais les choses étaient encore un peu tendues entre nous. C'était pour ça que j'avais eu besoin d'un peu d'espace et d'un nouveau départ. Et l'Alaska m'avait donné cette chance.

Je rentrai dans mon studio rapidement, balayant la pièce du regard. C'était un espace partagé, où se tenaient mes cours de yoga, des séances de rééducation et des cours de danse. J'adorais l'endroit ; il était ouvert et lumineux, avec une belle vue sur les montagnes.

Mes élèves se mirent bientôt à arriver et je déverrouillai les portes après avoir préparé mon équipement. Le groupe du matin était généralement composé des élèves les plus assidus, qui voulaient commencer la journée du bon pied et ça m'allait très bien, puisque j'adorais ça, moi aussi.

———

Ma journée fut bien remplie. Une fois mon cours de yoga terminé, je rentrai pour sortir les chevaux dans la pâture et entraîner Charlie. Après sa petite escapade quelques jours plus tôt, je décidai de ne plus le monter en dehors du champ et l'entraînai dans le rond de longe. Il avait déjà été entraîné par le passé, mais il était si entêté qu'il avait bien besoin de nouvelles leçons pour le débarrasser de ses mauvaises habitudes.

Je travaillais aussi en tant que graphiste freelance à mes heures perdues. J'avais commencé à Portland, pour rendre service à des amis. Ce n'était pas une activité que je souhaitais exercer à temps plein étant donné que je ne me voyais pas rester assise derrière un écran d'ordinateur toute la journée, mais j'aimais créer des pancartes et autres affiches promotionnelles. C'était une bonne façon de compléter mes revenus, et un changement agréable à mon travail quotidien. Je profitai d'être rentrée pour travailler sur de petites pancartes promotionnelles pour mes cours de yoga.

Une fois cela fait, je retournai en ville pour mon cours du soir. Le premier arrivé fut Diego, avec le reste des employés de l'auberge, dont Grant, Flynn, Daphné, Elias et Cammi. Ces hommes étaient tous aussi sexy et virils les uns que les autres.

Même s'il fallait avouer que c'était le cas de la majorité des hommes en Alaska, eux qui vivaient des vies rudes exigeant de nombreux efforts.

Diego s'arrêta près de moi en allant récupérer son tapis posé contre le mur.

— J'espère que votre cheval ne vous a plus causé de problèmes.

Je croisai son regard, remarquai son petit sourire en coin et mon ventre bondit. Je secouai la tête.

— Non, heureusement. Je ne pense plus sortir Charlie avant un moment. C'est une sacrée tête de mule.

— J'ai vu ça, répondit Diego d'un air solennel.

Je ne manquai pas de remarquer l'étincelle taquine au fond de son regard, et mon cœur s'affola en réponse.

Je fus soulagée qu'un autre élève vienne nous interrompre. Je commençai le cours peu après, me répétant encore et encore de ne pas fixer Diego. J'avais pris l'habitude de me déplacer dans la pièce pendant mes cours, mais je surprenais souvent mon regard sur lui. Le fait que ce type soit une véritable sculpture de dieu grec n'aidait pas franchement.

Une fois mon cours terminé, je discutai avec Cammi et Daphné.

— Tu devrais venir, me dit Daphné.

— Où ça ? demandai-je.

— À l'ouverture.

— Réouverture, la corrigea Cammi, les joues rouges. Maintenant que j'ai vraiment pris mes marques au Misty Mountain, j'ai organisé une soirée de réouverture ce week-end.

— Et on sera tous là, intervint Elias en nous rejoignant.

— Évidemment que tu seras là, répondis-je, taquine.

Elias glissa un bras autour des épaules de Cammi avant de s'adresser au reste des élèves encore présents :

— Ramenez tous ceux que vous connaissez.

Daphné sourit en voyant Diego et Flynn nous rejoindre.

— Flynn viendra.

— Au cas où tu ne l'aurais pas remarqué, il va partout où tu lui demandes d'aller, la taquina Diego dans un sourire chaleureux.

Daphné rougit furieusement en se tournant vers lui.

— Toi aussi, tu viens, hein ?

— Bien sûr que oui, dit-il. Je ne manquerais ça pour rien au monde. D'autant que tu m'as dit que j'étais forcé de venir.

Daphné leva les yeux au ciel.

— Oui, enfin, j'espère quand même que ça te fait plaisir.

— Bien sûr que oui. Je sais déjà que le café sera délicieux. J'ai même entendu dire qu'il y aura de l'alcool et qu'on servira tes bons petits plats. Il n'en faut pas plus pour me convaincre, répondit-il.

Daphné acquiesça avant de se tourner vers moi, interrogatrice.

— J'y serai aussi, dis-je.

Chapitre Quatre

DIEGO

Je n'avais aucune envie de rentrer une fois le cours de yoga terminé. En toute honnêteté, les cours de yoga ne m'intéressaient pas tant que ça, mais j'y allais quand même, parce que je voulais voir Gemma. Gemma, dans son débardeur et leggings moulants qui enivraient mon corps de désir. Je n'en étais pas certain mais il m'avait semblé qu'elle m'avait évité pendant le cours, surtout parce qu'elle ne m'avait corrigé que deux fois.

Ce que je pouvais être ridicule. Dire que je regrettais de ne pas avoir été assez mauvais pour me rapprocher d'elle, ne serait-ce que l'espace d'un instant. Nous sortions du bâtiment lorsque Daphné me demanda :

— C'est vrai que ta sœur va venir passer un moment en Alaska ?

Je me tournai vers elle en acquiesçant.

— Comme Elias passe tout son temps chez Cammi, je me suis dit qu'elle pourrait prendre sa chambre. Ça ne te dérange pas ?

Je lançai un regard à Flynn alors que nous nous arrêtions à côté de son pick-up dans le parking.

— Non, bien sûr. Tant qu'Elias est d'accord, répondit-il.

— Tant que je suis d'accord pour quoi ? demanda Elias en nous rejoignant.

— Ma sœur va venir passer quelque temps dans le coin. Elle peut prendre ta chambre ?

— T'es tout le temps chez Cammi de toute façon, commenta Grant, un sourire taquin aux lèvres.

Elias se tourna vers Cammi.

— Ça ne te dérange pas ? Il faudra que je sois chez toi tout le temps.

Cammi lui sourit, les joues rouges.

— Pas de soucis.

— Tu pourrais en profiter pour déménager officiellement, le taquinai-je.

— Je ferai de la place pour ta sœur, t'inquiète, contra-t-il en riant.

Sur ces mots, il nous salua d'un geste de la main avant de s'éclipser avec Cammi. Je montai dans mon pick-up et pris le chemin de la maison à la suite du pick-up de Flynn.

Grant était monté avec moi.

— Alors, détendu ? demanda-t-il alors que je tournais pour prendre la double-voie qui menait à Diamond Creek.

Je ris.

— Pas mal, ouais. Je pensais que Flynn se foutait de notre gueule quand il nous a demandé de l'accompagner à ces cours parce que Daphné voulait qu'il vienne, mais j'avoue que ça fait du bien de faire quelques étirements après avoir passé la journée dans un avion.

Je décidai de ne pas faire de commentaire sur Gemma.

— Je suis d'accord.

— La vue est toujours aussi belle, commentai-je.

Les montagnes se dressaient au loin devant nous, la baie à ses pieds illuminée par le coucher de soleil.

— Oh que oui, répondit Grant. Je vis ici depuis que je suis gosse et je ne m'en lasse pas.

Nous nous dîmes pas grand-chose après ça. J'aimais être avec

Grant, surtout parce que le silence ne le dérangeait pas. Détendu et apaisé, je profitai de la vue alors que nous rentrions. Vivre en Alaska me donnait parfois l'impression d'être tombé dans une carte postale.

Walker Adventures, l'auberge que tenait Flynn avec son frère et ses sœurs, était située à une vingtaine de minutes de Diamond Creek, au bout d'une route gravillonnée. Elle était si isolée que quelqu'un qui ne serait pas du coin ne pourrait se douter qu'une ville se trouvait non loin de là. C'était un havre de paix au sein de la nature, mais la proximité de la ville lui permettait de rester attrayante pour les touristes. Les clients y séjournaient pour se reposer entre deux expéditions, ou pour y déjeuner après avoir fait les boutiques.

— Je me demande ce que Daphné va préparer pour dîner, commenta Grant alors que je me garais sur le parking de l'auberge.

— J'en sais rien, mais en tout cas on va se régaler, répondis-je.

Nous sortîmes avant de nous diriger vers l'entrée.

Grant rit.

— Ça, c'est sûr.

Nous gravîmes les marches qui menaient à l'auberge. Haute de trois étages, elle était octogonale. La salle commune était spacieuse et offrait plusieurs endroits où s'asseoir. Des fauteuils étaient disposés devant la cheminée, et on y trouvait une télévision avec un canapé, ainsi qu'une bibliothèque avec d'autres sièges encore.

Le rez-de-chaussée abritait aussi une chambre, la cuisine et la salle à manger, ainsi que les appartements privés de la famille. Le reste des chambres, qui étaient réservées aux clients, se trouvaient à l'étage. Les affaires étaient normalement relativement calmes en hiver, mais elles reprenaient très vite dès l'arrivée du printemps. Nous étions très occupés en ce moment, les touristes arrivant et partant chaque semaine. En plus d'organiser des randonnées et d'autres activités extérieures, l'auberge proposait des vols de plaisance quotidiennement, du printemps jusqu'au début de l'hiver. Nous volions aussi en hiver, mais bien moins fréquemment.

L'auberge employait actuellement sept pilotes avec Flynn pour chef : Flynn, Grant, Elias, Gabriel, Tucker, Nora et moi. La sœur de Tucker, Aubrey, avait tout juste décroché sa licence de pilote et nous rejoindrait bientôt. Flynn venait d'acheter un nouvel avion et avait repris les contrats d'un pilote local, nous ramenant encore plus de clients. En dehors des balades proposées aux touristes, qui n'étaient pas peu chères, nous proposions aussi le transport de marchandises et de courrier vers les diverses communautés du coin.

J'adorais mon travail de pilote ; le paysage était toujours magnifique et on ne s'ennuyait jamais. En tant qu'ancien membre de l'Air Force, je n'aurais jamais imaginé pouvoir décrocher un travail pareil. Mais être l'un des meilleurs amis de Flynn avait ses avantages.

Ce n'était pas du gâteau pour autant. Voler en Alaska, où la météo pouvait s'avérer capricieuse, était risqué. Un automne plus tôt, Flynn et Elias avaient d'ailleurs eu un accident. Ils s'en étaient tirés mais la cheville d'Elias avait été salement amochée dans le crash, et il avait dû marcher avec des béquilles un moment. J'étais malgré tout prêt à prendre des risques, ne serait-ce que pour pouvoir faire un travail de rêve dans un endroit de rêve.

Une fois à l'intérieur de l'auberge, nous croisâmes divers clients installés dans la salle commune. Grant et moi nous dirigeâmes tout droit vers les cuisines. La nourriture qu'on servait ici était un véritable délice depuis l'arrivée de Daphné, près d'un an plus tôt. C'était un vrai chef, célèbre à Atlanta. Flynn, dont la mauvaise humeur légendaire avait fait fuir plus d'un cuistot, lui avait demandé son aide lorsque le dernier avait démissionné. Puis Flynn et Daphné étaient tombés amoureux, et elle avait décidé de rester en Alaska. Elle était devenue maîtresse des cuisines ensuite, ce dont nous profitions tous.

Cat, la plus jeune des Walker à tout juste dix-sept ans, était occupée à la cuisinière lorsque nous entrâmes. Je m'arrêtai près d'elle pour jeter un œil à ce qu'elle cuisinait.

— Waouh, ça sent sacrément bon. Besoin d'aide ?

Cat remua son sauté de légumes et dés de bœuf avant de se tourner vers moi.

— Tu veux bien aller vérifier le riz ? Ah, et Daphné a mis quelque chose au four.

Je traversai la cuisine pour aller jeter un œil au cuiseur. Le riz était cuit et je l'assaisonnai. Un instant plus tard, Daphné sortit du garde-manger à grandes enjambées, ses cheveux auburn en chignon. Elle me sourit.

— Merci ! T'es un amour, Diego.

J'avais toujours aimé cuisiner. Daphné me faisait assez confiance pour me laisser donner un coup de main de temps en temps, maintenant qu'elle savait que je me débrouillais en cuisine. Un peu plus tard, j'étais assis avec le reste de l'équipe au comptoir, pendant que Daphné servait les clients à la gigantesque table à manger située près des fenêtres. Il nous arrivait d'y prendre place lorsqu'il y avait moins de monde à l'auberge. Quand Daphné n'était pas occupée à servir à manger aux clients, les employés de l'auberge s'asseyaient à table pour dîner, boire un verre et discuter.

Je m'enfonçai dans mon tabouret en soupirant.

— Bordel, c'était délicieux.

Cat me sourit. Elle avait les mêmes yeux gris et cheveux blond cendré que ses frères, Flynn et Grant.

— C'est de la bombe, ce sauté de légumes. Vous avez mis du gingembre dedans, non ? ajoutai-je.

La queue de cheval de Cat tressauta alors qu'elle acquiesçait.

— Bien vu.

Nora lui sourit.

— T'es vraiment douée, Cat. Pas comme Flynn et moi.

De tous les Walker, Nora était la seule à avoir les yeux et cheveux bruns.

Grant acquiesça, un petit sourire aux lèvres.

— Et moi.

Cat baissa la tête, les joues rouges.

— J'adore cuisiner, et Daphné est un très bon prof.

— Qu'est-ce qu'on a de prévu pour demain ? demandai-je à Nora.

Je l'avais vue travailler sur notre emploi du temps un peu plus tôt. Elle rapprocha son ordinateur posé sur le comptoir et l'ouvrit, et son écran prit vie.

— Deux livraisons de courrier et marchandises et quatre vols de plaisance pour des clients.

Elle se tourna pour me regarder, une étincelle au fond des yeux.

— Tu devrais t'occuper du groupe de femmes. L'une d'elles craque sur toi.

— Non merci, répondis-je rapidement.

Nora haussa les sourcils, surprise.

— Sérieux ? Où est passé notre Don Juan professionnel ?

Je haussai les épaules.

— Je ne suis juste pas d'humeur à flirter, répondis-je, l'air de rien.

Tucker croisa mon regard, assis en face de moi.

— Bah ça alors, qu'est-ce que t'as ?

— Rien. Et si je me chargeais de l'une des livraisons, plutôt ?

— L'une d'elle inclut un chien de refuge qui vient d'être adopté et dont on effectue le transport, précisa Nora.

— Je m'occuperai de celle-là. Le chien pourra monter à l'avant avec moi.

Nora compléta le programme et la conversation se poursuivit. Je fus soulagé qu'on ne me taquine pas davantage quant à mon choix de ne pas assurer le vol réservé par nos clientes. Je n'étais pas un coureur de jupons, mais je devais admettre que j'aimais flirter. Pour autant, la seule femme que j'avais à l'esprit en ce moment, c'était Gemma.

Je n'étais pourtant pas du genre à me concentrer sur une seule femme, mais je n'avais aucune envie de me prendre la tête avec ça. J'avais hâte de voir Gemma à la fête d'ouverture du nouveau café de Cammi demain soir. J'avais l'impression qu'on nous demandait constamment de consacrer notre temps aux nouveaux amours de nos amis, en ce moment. Mais Cammi faisait le meilleur café de tout l'Alaska, si bien que je serais allé la soutenir quoi qu'il en soit.

Même s'il fallait admettre que ce n'était pas le café qui me faisait bondir d'anticipation. Ça, c'était l'effet Gemma.

Chapitre Cinq

GEMMA

Je traversai le parking du *Misty Mountain Café* et m'arrêtai un instant pour regarder derrière moi. J'aimais profiter de la vue chaque fois que je le pouvais. Le petit café était situé sur une colline non loin de la grande rue de Diamond Creek, offrant une vue imprenable sur les montagnes et un bout de la baie, au loin.

Je n'étais pas encore tout à fait habituée à la longueur des journées, ici. Nous étions en juin et le soleil ne se coucherait qu'après vingt-deux heures. Nous étions en pleine soirée et le soleil commençait tout juste à glisser sur l'horizon. Le coucher de soleil durait des heures ici en été, peignant le ciel de lueurs roses et orangées.

Je me tournai de nouveau pour regarder la nouvelle pancarte du café. Cammi devait l'avoir montée dans la journée. Je souris. La hutte Quonset était adorable. Des fenêtres avaient été installées sur les côtés et l'avant était recouvert de vitres, la porte étant située au bout du bâtiment cylindrique. Je pénétrai à l'intérieur et admirai les œuvres d'art qui décoraient les murs de l'espace déjà bondé de clients et invités. En plus de son délicieux café, Cammi s'était associée à Daphné pour proposer des pâtisseries et revoir le menu des sandwichs.

Je balayai la pièce du regard lorsqu'une voix m'interpella dans mon dos.

— Coucou, Gemma !

Je me tournai vers Susie Winters et son sourire resplendissant. Ses cheveux étaient coiffés en boucles soyeuses et des ridules apparurent au coin de ses yeux alors qu'elle me souriait. C'était Cammi qui m'avait présenté Susie, qu'il m'arrivait de croiser au café depuis mon arrivée en ville. En y repensant, presque toutes les personnes que j'avais rencontrées jusque là étaient soit des élèves de mes cours de yoga, soit des clients du café.

— Coucou Susie, comment ça va ?

— Très bien, répondit-elle. Alors, tu trouves pas ça super sympa ?

— Si, c'est super. Et j'adore la nouvelle pancarte dehors.

Le mari de Susie, Jared Winters, approcha et glissa un bras autour de sa taille.

— Tu as déjà rencontré mon mari, non ? demanda Susie.

— Une fois, oui. Ravie de vous revoir, répondis-je en saluant Jared.

— Si tu n'es pas encore allée pêcher, il faut vraiment que tu le fasses, ajouta Susie.

Un sourire traversa les lèvres de Jared.

— On serait ravis de vous emmener avec nous, renchérit-il.

Susie m'avait expliqué que Jared et ses deux frères tenaient une boutique de pêche.

— J'y penserai, répondis-je.

Susie et son mari s'éloignèrent pour aller saluer d'autres personnes et je me frayai un chemin à travers la foule pour aller voir Cammi, postée au comptoir.

— J'adore ta pancarte, commentai-je.

— C'est Jessa qui l'a peinte. C'est aussi elle qui a fait mes tables, m'expliqua Cammi en hochant la tête en direction d'une femme non loin de là.

Je me tournai vers la jeune femme aux cheveux bruns ondulés

qui se tenait à côté d'un autre homme renversant. Ce n'étaient pas les beaux garçons bien charpentés qui manquaient, en Alaska.

Les tables étaient peintes dans de magnifiques couleurs et motifs. Cammi m'expliqua que c'était une façon pour Jessa de mettre en avant son travail, qu'elle vendait dans l'une des galeries d'art de Otter Cove Harbor.

— Il faudrait que j'aille voir ça un de ces quatre, commentai-je.

— Je suis sûre que ça te plairait. Je te sers un café ? À manger ? Je sers même du vin et du cidre, ce soir, m'informa Cammi en souriant. Cadeau de la maison, évidemment.

— Je veux bien un peu de ça, dis-je en pointant du doigt des pâtisseries sur un plateau. Et un petit verre de cidre. Je ne dois pas trop boire comme je conduis.

L'un des serveurs de Cammi me prépara mon verre qu'il me servit. Cammi était déjà occupée à discuter avec quelqu'un d'autre et je balayai la pièce du regard à la recherche de visages familiers lorsqu'une voix grave se fit entendre derrière moi.

— Bonsoir, Gemma.

Un frisson me traversa à l'instant même où je reconnus la voix rauque et suave de Diego. Je me tournai vers lui, qui était aussi charmant qu'à l'habitude. Ses cheveux d'ébène étaient légèrement ébouriffés, comme c'était toujours le cas. Sa peau hâlée faisait ressortir ses yeux verts, et sa mâchoire forte et ciselée était à tomber.

Son regard chercha le mien un instant, et je crus reconnaître une étincelle de désir au fond de ses yeux.

— Coucou, dis-je, à bout de souffle.

— C'est le cidre de Délia que vous buvez ? me demanda-t-il.

Je lançai un regard au verre que je tenais avant de retrouver le sien.

— Euh, aucune idée.

— J'imagine que ça doit être le sien. Cammi a passé commande auprès de la brasserie du coin et ils ne produisent que le cidre de Délia. Vous avez déjà mangé au restaurant de la station de ski, non ?

Je secouai la tête et bus une gorgée de cidre, savourant son délicieux arôme de pomme.

— Je n'arrête pas de me dire qu'il faut que j'y aille, mais je ne l'ai pas encore fait.

Diego soutint mon regard en silence un moment.

— Et si je vous emmenais ? La nourriture y est excellente et vous pourrez rencontrer Délia. Ça vous permettrait peut-être même de trouver d'autres clients pour vos cours de yoga, qui sait. Ils ont un sacré paquet d'employés entre le restaurant et la station.

— Ils ont beaucoup de monde en été ?

Diego fit signe à un serveur qui passait par là avec un plateau. Il prit plusieurs petits sandwichs ainsi qu'un verre de cidre avant de me répondre :

— Un peu moins mais ils tournent quand même. Ils proposent des randonnées et fonctionnent comme un hôtel classique. Ils nous envoient toujours un paquet de clients pour nos balades en avion.

— Je pensais que c'étaient vos compétiteurs ?

Je mordis dans une pâtisserie en fermant les yeux, un petit gémissement aux lèvres tant elle était délicieuse. Elle était fourrée au brie et à la gelée de cranberry.

— Waouh, c'est super bon.

Lorsque j'ouvris les yeux, je trouvai Diego en train de me fixer.

— Je suis bien d'accord, murmura-t-il.

Il n'avait rien dit d'inapproprié en soi, mais il y avait un sous-entendu coquin immanquable à ses mots. J'avais l'impression que ma peau s'était embrasée. Je dus me faire violence pour rester impassible et je commentai, la voix un peu tremblante :

— Vous devriez en goûter une.

Il prit une pâtisserie tandis que j'en mangeais une autre. Après un moment, il acquiesça.

— Très bon. Et pour répondre à votre question, la station de ski n'est pas vraiment en compétition avec nous. Ils s'occupent d'un tout autre genre de touristes. Les gens qui séjournent chez eux veulent être près de la ville. Ceux qui séjournent chez nous ont plutôt envie de faire semblant d'être au milieu de nulle part.

Je ne pus que rire à sa description.

— Faire semblant ? Vous êtes quand même sacrément isolés là-bas, non ?

Diego mangea une autre pâtisserie et je surpris mon regard à s'attarder sur sa pomme d'Adam alors qu'il avalait. Bon sang. Ce type était sexy même lorsqu'il déglutissait. C'était complètement dingue. Ma peau s'embrasa alors que mes battements de cœur s'affolaient.

Il poursuivit, n'ayant pas remarqué mon trouble :

— Vous devriez venir faire un tour un de ces quatre. On n'est qu'à vingt minutes de la ville. Ça fait du bien d'être isolés, cela dit. C'est un bel endroit, plutôt moderne. Et Daphné est une incroyable cuisinière, comme vous le voyez avec ces sandwichs.

— Oh, vous avez un restaurant, vous aussi ?

Diego rit.

— Non, on aimerait bien. On a juste une cuisine pour servir les clients qui séjournent chez nous. Mais c'est du haut niveau.

Elias, le petit ami de Cammi, nous rejoignit, ayant entendu notre conversation.

— C'est la seule chose qui me manque.

Diego lui lança un regard en souriant, et bien que son sourire ne m'était pas adressé, des papillons prirent tout de même leur envol dans mon ventre.

— Je me doute. Mais je sais que je te manque encore plus, le taquina-t-il.

— Non, c'est moi qui lui manque. Et les raclées que je lui mettais aux cartes, intervint Gabriel, un autre pilote du coin.

Les garçons se mirent à discuter tout en se taquinant les uns les autres et je me demandai un instant ce que ça faisait, d'avoir de tels amis. Bien sûr, j'avais des amis à Portland, où j'avais grandi, mais mes problèmes à l'école avaient fait de moi une femme complexée. J'avais été proche de certains des membres de mon équipe de softball, mais les actes de notre coach avaient jeté un certain froid entre nous.

Il m'arrivait encore de prendre des nouvelles de plusieurs d'entre elles, mais le spectre de ce qui était arrivé planerait toujours entre nous. Certaines avaient, comme moi, été la cible de ces attentions inconvenantes, d'autres y avaient échappé. Cette dynamique avait créé une fracture étrange dans nos relations. J'abhorrais la façon dont ce cauchemar continuait à faire des ravages dans ma vie encore aujourd'hui.

Nora, une autre pilote et la sœur de Flynn, que j'avais rencontrée à l'un de mes cours de yoga avec Daphné, approcha en souriant.

— Tes cours de yoga se passent bien ? Il faut vraiment que je vienne plus souvent, me dit-elle d'un air désolé.

— J'ai pas mal de travail, tu sais. Je suis en train de réfléchir à ce que je pourrais proposer aux touristes qui viennent dans le coin en été.

— Oh, tu devrais nous passer tes flyers. On les donnera à nos clients. On fait la pub de tout un tas de magasins et d'entreprises de la ville donc si certains veulent des cours de yoga, on te les enverra.

Une lueur soudaine vint illuminer les yeux de Noya.

— Et si tu venais donner des cours à l'auberge ? Genre une fois par semaine ?

Je réfléchis une seconde.

— Je pourrais, oui. Il faut juste qu'il y ait de la place. Une fois par semaine, ce serait parfait.

Flynn et Daphné nous rejoignirent à ce moment.

— Tes pâtisseries sont un vrai délice, dis-je.

Elle me répondit d'un sourire en glissant ses cheveux auburn derrière son oreille.

— Ravie que ça te plaise.

Nora donna un petit coup de coude à Flynn.

— J'ai eu une idée. Et si on payait Gemma pour qu'elle vienne donner des cours de yoga à l'auberge une fois par semaine ? Pourquoi pas en soirée ?

Flynn se tourna vers moi.

— Ce serait avec plaisir.

Daphné tapa dans ses mains.

— J'adore cette idée.

Elle se tourna vers Flynn et Nora.

— On devrait faire ça l'un des soirs où on ne sert pas à manger aux clients. Comme ça, Gemma pourrait rester dîner avec nous après.

— Je signe tout de suite si tu fais à manger, intervins-je.

La soirée passa rapidement, ponctuée par une loterie au cours de laquelle des prix tels que des virées pêche furent offerts. Nora me convainquit en outre d'aller pêcher le saumon à l'épuisette avec elle. Je n'étais pas certaine de vraiment savoir ce que cela impliquait, mais elle m'avait promis que ce serait amusant et que je pourrais me contenter de regarder étant donné que je vivais en Alaska depuis moins d'un an. J'avais beau être arrivée il y avait peu, j'avais rapidement découvert que les régulations en matière de chasse et pêche étaient très strictes, et qu'il fallait avoir vécu dans le coin pendant au moins un an avant d'être considéré comme un vrai résident. Je n'étais pas franchement calée en matière de chasse ou pêche, mais ce n'étaient pas les panneaux qui manquaient pour rappeler la loi aux touristes. Nora m'expliqua que la pêche à l'épuisette était exactement comme je l'imaginais : on plongeait une épuisette dans l'eau pour attraper un saumon.

Diego capta mon attention toute la soirée. Il ne resta pas à mes côtés tout du long, mais je n'avais de cesse de le chercher du regard, encore et encore. Le fait qu'il soit si charmant n'aidait pas franchement. Ma féminité adorait la vue, elle aussi, mais je parvins à garder mon calme et je proposai un coup de main à Cammi pour ranger une fois la soirée terminée.

Daphné, Nora et les garçons qui travaillaient à l'auberge

restèrent pour aider, eux aussi. Le soleil se couchait doucement sur l'horizon lorsque nous regagnâmes le parking. Cammi nous salua depuis la porte et je lui répondis d'un signe de la main. Lorsque je rejoignis ma voiture, je découvris le pick-up de Diego garé juste à côté.

J'arrivais même à le reconnaître quand il était de dos, maintenant. Il était penché, en train de mettre quelque chose à l'arrière, et j'en profitai pour admirer son cul rebondi. Il avait un corps de *rêve*. Il se redressa bientôt et se tourna alors que je déverrouillais ma voiture.

Nous ne dîmes rien, nous regardant en silence un moment. L'air était électrique.

— Besoin d'aide ? demanda enfin Diego, un petit sourire aux lèvres.

Surprise, je baissai la tête pour regarder l'assiette de restes que je tenais.

— Ça devrait aller, dis-je en fuyant son regard taquin.

J'ouvris la portière passager et posai l'assiette sur le siège, jetant mon sac à main à côté. Je la fermai et plaquai mes mains contre le cadre, comme si cela suffirait à m'ancrer sur place pour résister à la vague de désir intense que Diego faisait déferler dans tout mon corps.

Je n'avais même pas remarqué qu'il s'était rapproché de moi. Mon cœur battait la chamade et des papillons virevoltaient dans mon ventre.

Le parking était vide, et le pick-up de Diego nous cachait des baies vitrées du café.

— J'avais envie de t'embrasser l'autre jour, dit-il, sa voix rauque m'arrachant un frisson ardent.

— Ah ? couinai-je.

Je devais avouer que ça me choquait, même si j'ignorais pourquoi. J'avais toujours été surprise que quiconque s'intéresse à moi. Je n'aimais pas franchement réfléchir au pourquoi du comment, cela dit.

Il acquiesça lentement.

— J'aimerais t'embrasser maintenant.

Il approcha et je peinai soudain à reprendre mon souffle alors que mon cœur s'affolait. La seule chose à laquelle je pouvais penser à cet instant était le baiser qu'il me promettait.

— Qu'est-ce que tu en dis ?

Sa voix seule suffisait à me rendre dingue.

Je réalisai alors qu'il m'offrait une porte de sortie, tout en me poussant à lui dire ce dont j'avais envie. Et bon sang, ce que j'avais envie de l'embrasser !

Je tentai de reprendre mon souffle et finis par réussir à emplir mes poumons d'air.

— Je crois que ça me plairait, répondis-je enfin dans un murmure.

Je n'étais pas du genre à me laisser charmer si facilement en temps normal. J'étais une femme logique et terre-à-terre, qui traçait sa route dans la vie. Je n'étais pas du genre à fondre face à un type charmant qui disait vouloir m'embrasser. Sauf peut-être lorsqu'il s'agissait de Diego.

— Vérifions cette théorie, dans ce cas, murmura-t-il.

Il fit encore un pas avant de s'arrêter devant moi, viril et séducteur.

Diego était une vraie force de la nature. Son corps musclé irradiait de sensualité. Il se pencha, les yeux braqués sur moi. Dans un coin de mon esprit, je l'admirai, certaine qu'il devait avoir bien plus d'expérience que moi. Ce n'était qu'un simple baiser.

Et nous n'y étions pas encore. Le simple fait d'y penser me donnait pourtant l'impression de me tenir au bord d'un gouffre au fond duquel j'étais prête à plonger. Il leva la main et fit courir son pouce le long de ma gorge avant de le passer sur mes lèvres. Son regard chercha le mien, me faisant fondre de l'intérieur.

Il dit quelque chose que j'entendis à peine, juste avant de se pencher davantage et de presser très légèrement ses lèvres contre les miennes. Cette simple caresse me foudroya sur place et mon corps fut parcouru d'étincelles.

Un gémissement m'échappa malgré moi. Il effleura mes lèvres du bout des siennes une nouvelle fois, m'arrachant un nouveau frisson. Mon cœur s'affola et je glissai les bras autour de son cou, me pressant contre lui alors qu'il plaquait la main contre ma nuque. Il me releva la tête, prenant le contrôle de notre baiser.

Je sentis sa paume chaude glisser le long de mon dos pour venir se poser juste au-dessus de mes fesses. Il rugit doucement, avant de glisser la langue dans ma bouche.

Diego me fit oublier tous les baisers qu'on avait pu me donner par le passé. Ses lèvres me taquinaient délicieusement alors que sa langue caressait la mienne, après quoi il s'écarta et déposa un baiser au coin de mes lèvres. J'étais déjà en train de fondre et je gémis, mes doigts enfouis dans les muscles puissants de son dos alors que je me pressais contre lui encore davantage.

Ma féminité pulsait en rythme avec mon cœur. Il jouait avec ma bouche du bout de sa langue experte, ses baisers hypnotisants.

J'avais l'impression de rêver alors que je me frottais contre lui, mes tétons tendus et mes cuisses trempées. Ses lèvres quittèrent les miennes pour aller déposer des baisers ardents le long de ma mâchoire, accompagnés de morsures sensuelles çà et là.

— Diego, soufflai-je, ondulant des hanches contre lui.

Le bruit d'une portière qu'on claquait fit exploser la bulle de désir dans laquelle j'avais plongé. Diego leva la tête sans pour autant reculer, son corps puissant restant pressé contre le mien.

Bordel de merde. J'avais envie que ce moment dure une éternité. Je voulais rester blottie entre ses bras musclés jusqu'à la fin des temps.

Chapitre Six

DIEGO

Gemma me regardait, les yeux vitreux, les joues rouges et les lèvres gonflées. Mes battements de cœur étaient tel du silex contre de la roche, faisant voler des étincelles dans tout mon corps.

Ce baiser m'avait remué. Il avait menacé de me faire perdre le contrôle. Cela faisait plus de cinq ans qu'une femme ne m'avait pas fait un tel effet. Je pensais ne plus jamais connaître une sensation pareille. Mes ailes brûlées au point de ne plus pouvoir voler.

Je savais que je désirais Gemma, mais c'était bien plus que ça. Chaque fois que je posais les yeux sur elle, mon cœur se gonflait d'émotion et d'un besoin protecteur qui se mêlait à mon désir primitif.

Je repris mon souffle alors qu'une autre portière claquait non loin de là. Je dus me faire violence pour lâcher les courbes tentatrices de Gemma et reculer.

Si quiconque passait par là maintenant, on nous verrait nous tenir à une distance respectable l'un de l'autre.

Le vent se leva, faisant danser les cheveux bouclés de Gemma. Sans même réfléchir, je les écartai de ses yeux, les glissant derrière son oreille. Je fus tenté de l'embrasser de nouveau lorsqu'elle se mordit la lèvre, et je la sentis trembler légèrement.

— On dirait bien qu'on se verra à l'auberge pour tes cours de yoga. Ou je pourrais t'emmener dîner à la station de ski avant, commentai-je.

Elle s'humecta les lèvres et ma queue déjà tendue pulsa douloureusement.

— Peut-être, oui.

Sa voix laissait entrevoir une certaine angoisse.

— Je vais être plus clair. Sortons dîner. Pour manger, rien d'autre.

Gemma rougit furieusement avant de pousser un petit rire rauque.

— Rien que pour manger ? Tu as intérêt à tenir parole.

— Bon, et peut-être un autre baiser.

Nous fûmes soudain interrompus par des bruits de pas non loin de là. Je glissai la main derrière Gemma pour fermer la portière passager qu'elle avait laissée entrouverte plus tôt. Puis je dis :

— Je vais attendre que tu partes. Envoie-moi un message pour me dire ce que tu as envie de faire : une balade en avion ou un dîner.

Gemma acquiesça en se mordillant la lèvre, avant de monter en voiture. Je la regardai partir et saluai Elias et Cammi d'un geste de la main alors qu'ils fermaient le café.

Une semaine plus tard

— Je trouve ça dingue que t'aies pas encore un troupeau de gamins, commenta Flynn en se vautrant sur sa chaise à la table de la cuisine de l'auberge.

C'était une soirée réservée aux employés et nous étions tous installés ensemble. Le commentaire de Flynn faisait référence à l'appel de mes nièces un peu plus tôt, qui avaient eu besoin d'aide pour leur devoir de maths. J'étais plutôt calé en la matière, même s'il avait fallu que je demande l'avis du groupe pour l'une de leurs questions d'algèbre.

Je haussai les épaules.

— Qui sait, peut-être un jour. On verra.

J'avais autrefois rêvé de me marier et d'avoir des enfants. Ce qu'on pouvait être bête, quand on était jeune.

— T'as déjà été fiancé, non ? intervint Gabriel.

J'acquiesçai lentement.

— Oui. Pendant un an, quand j'étais dans l'Air Force. J'étais censé me marier pendant l'été. Les choses ne se sont pas exactement passées comme prévu.

Le regard de Tucker trouva le mien.

— T'étais d'une humeur de chien quand t'es revenu, mais tu nous as jamais dit ce qui s'était passé. Tu racontes ?

Ces hommes avaient beau être mes meilleurs amis, ils n'étaient généralement pas du genre à se mêler des affaires des autres. Je ne pouvais cependant pas les blâmer pour leur curiosité étant donné que je n'étais normalement pas du genre à me retenir de leur donner mon opinion sur leur vie privée.

Je bus une grosse gorgée de bière avant de reposer ma chope et de répondre :

— J'ai compris que j'étais trop jeune et en train de faire une erreur.

— Tu nous as toujours dit que tes parents étaient dingues l'un de l'autre. Je ne te vois pas franchement larguer une nana sous prétexte que tu as décidé que t'étais trop jeune pour te marier, commenta Gabriel.

— Ce n'était pas si simple. Elle était comptable dans la boîte de mon père et c'était aussi la meilleure amie de ma sœur à la fac. C'est comme ça qu'on s'est connus. Elle était assez douée en comptabilité pour savoir comment voler mes parents sans laisser de traces. Elle a réussi à faire ça pendant toute une année. C'est ça qui m'a fait comprendre qu'on n'était pas franchement faits l'un pour l'autre. J'aurais encore préféré qu'elle me vole mon argent à moi plutôt que celui de mes parents.

Flynn me regardait d'un air horrifié, les sourcils haussés.

— Putain. Quelle merde.

— Exactement. Ne vous inquiétez pas, elle ne m'a pas franchement brisé le cœur. Comme je l'ai dit, on était jeunes. Ça m'a fait de la peine, forcément, mais je ne vois pas comment on aurait pu rester ensemble après ça.

Cat vint nous rejoindre, sa queue de cheval s'agitant alors qu'elle approchait de la table.

— On dirait que tu es venue demander quelque chose à Flynn, dis-je dans un sourire.

Cat me fusilla du regard.

— Me cherche pas.

Flynn leva la tête.

— Quoi ?

— Je peux passer la nuit chez Shannon ?

Flynn lança un regard à l'horloge pendue au-dessus de la porte.

— Comment tu comptes y aller ?

— Nora m'a dit qu'elle devait aller en ville. Elle pourrait m'emmener, répondit Cat sans hésiter.

Flynn acquiesça.

— Bon, d'accord. J'appelle sa mère pour vérifier que c'est bon de son côté. Comment tu rentres demain ?

Cat poussa un soupir exaspéré.

— Je me suis dit que quelqu'un pourrait me récupérer pendant l'un de ses vols de la journée. Je ne voudrais pas te déranger.

Flynn n'eut pas l'air franchement perturbé par le sarcasme de sa sœur. Il rit.

— Je serais ravi de te récupérer. Je me suis dit que tu avais peut-être déjà prévu quelque chose, c'est tout.

Cat leva les yeux au ciel, puis elle sourit avant de déposer un baiser sur la joue de son grand frère. Nora entra dans la pièce à cet instant et Cat lui dit :

— Flynn a dit oui. Je vais chercher mon sac.

Nora nous rejoignit et Elias intervint :

— J'allais rentrer. Cat peut monter avec moi si besoin.

— Non, j'avais déjà prévu d'aller en ville de toute façon, répondit-elle. J'ai bien envie d'aller me détendre devant un concert.

Flynn était trop occupé à discuter avec Daphné pour écouter la conversation mais je ne manquai pas de remarquer Gabriel marmonner :

— J'aimerais bien me joindre à toi si ça te dérange pas.

— Non bien sûr, répondit Nora en rougissant.

Je me demandai quand ces deux-là allaient arrêter de nous faire des cachotteries.

Cela dit, j'imaginais que ça ne me regardait pas franchement. Du moins, selon Gabriel. Une fois, juste une fois, Tucker l'avait taquiné au sujet de sa vie amoureuse et je m'étais joint à lui. Gabriel s'était aussitôt mis en boule et avait nié en bloc.

Nous nous séparâmes lentement, les uns après les autres. Je rentrais tout juste lorsque mon portable vibra dans ma poche.

Je le sortis et je souris lorsque je vis *Prof de yoga sexy* s'afficher à l'écran.

Prof de yoga sexy : *Et pourquoi pas les deux ?*

Diego : *Une balade en avion et un dîner ?*

Prof de yoga sexy : *Ce serait le rêve.*

Diego : *Pas de problème, beauté. Quand est-ce que t'es libre ?*

Prof de yoga sexy : *C'est plutôt à toi de me le dire, étant donné que c'est toi le pilote. Moi je ne fais que donner des cours de yoga du lundi au vendredi.*

Diego : *Dimanche, alors ?*

Je savais que j'étais libre ce jour-là, étant donné que nous n'avions jamais de livraisons à faire le dimanche à moins qu'il ne s'agisse d'une urgence. Ce qui voulait dire que je pourrais prendre mon avion sans problème.

Prof de yoga sexy : *Ça me va.*

Diego : *Je te tiens au courant pour l'heure.*

Chapitre Sept

GEMMA

— Oh waouh, murmurai-je en regardant par la fenêtre du petit avion.

Diego m'avait donné un casque afin que nous puissions discuter malgré le rugissement du moteur. On l'entendait encore, bien entendu, mais nous n'avions au moins pas à crier pour nous entendre.

— Pas mal, hein ? me répondit-il.

— C'est clair.

La baie de Kachemak s'étendait à perte de vue à nos pieds alors que Diego filait le long de la côte de Diamond Creek. Des arbres verdoyants bordaient le flanc de la montagne, dominés par des rochers et un glacier à la lueur bleutée. Nous avions vu un grizzly se balader dans un champ quelques minutes plus tôt à peine. Diego m'avait dit qu'il devait chercher des baies à grignoter. Nous avions aussi vu plusieurs élans en train de manger des feuilles, et même un lion de mer qui se baignait dans les eaux peu profondes de la baie, sa silhouette gigantesque en dessous de la surface.

— Je pourrais presque tendre la main pour toucher les montagnes, commentai-je.

— Je me dis ça chaque fois que je vole dans le coin, répondit-il en riant.

Il m'avait parlé de son travail ; des balades pour les touristes et des livraisons de courses et de courrier pour les villes et villages des environs. Il lui arrivait même parfois d'aller si loin au nord qu'il devait s'arrêter pour faire le plein en rentrant. Il survolait aussi parfois le parc national de Katmai pour que les touristes puissent voir leurs ours bruns en train d'attraper des saumons dans la rivière. Ça m'allait très bien, de voir les ours de loin. J'avais déjà été assez surprise de voir ceux qui décoraient l'aéroport et qui faisaient plus de trois mètres de haut. À les voir, on avait l'impression qu'un être humain ne serait qu'un jouet pour eux s'ils en croisaient, et qu'il leur suffirait d'une simple beigne avec leur grosse patte et longues griffes pour le réduire en miettes.

— Prête à rentrer ? me demanda-t-il.

Un frisson secoua mon corps en entendant la voix de Diego dans mes oreilles. Il y avait quelque chose de profondément intime dans ce moment.

— Prête.

En dehors de la vue, j'adorais le voir manœuvrer son avion avec aisance et confiance.

Il me lança un regard en coin à ma réponse et nos regards se croisèrent. Je rougis et ressentis une montée de chaleur. La simple intensité que je percevais au fond de ses yeux suffisait à me mettre dans tous mes états.

Chapitre Huit

DIEGO

Gemma mangea une bouchée de son flétan avant de pousser un gémissement.

— Oh bordel, dit-elle. C'est vraiment délicieux.

Je savais qu'elle me parlait de son plat, bien entendu, mais j'étais hypnotisé par la façon dont sa langue effleurait ses lèvres pour lécher la sauce qui s'y était perdue, et je dus me faire violence pour ne pas me trouver excité de la voir manger.

— Je ne crois pas avoir déjà goûté à ce plat, répondis-je en tentant de me concentrer.

— Il faut absolument que tu goûtes, insista-t-elle.

Elle rapprocha son assiette et je m'exécutai. Le flétan avait une agréable texture crémeuse et il était arrosé de sauce citron à la ciboulette.

— Vraiment délicieux, commentai-je.

— Je comprends pourquoi ils ont autant de clients.

Elle balaya la salle du regard, qui était effectivement bondée. Chaque table était occupée mais l'endroit n'était pas étouffant pour autant.

La station ouvrait normalement seulement en hiver pour la saison de ski. La famille Hamilton, qui possédait l'endroit, avait cependant diversifié ses affaires après être restés fermés pendant longtemps. Ils proposaient de la randonnée, du vélo et collaboraient avec divers services touristiques du coin, dont l'auberge de Flynn, pour faire le bonheur de leurs clients.

Le restaurant occupait le bâtiment principal de la station. Il avait vue sur les pistes de ski et les montagnes environnantes, ainsi que sur la sublime baie de Kachemak au loin. La salle était spacieuse avec un haut plafond adorné de poutres. C'était un endroit à la fois moderne et chaleureux.

Délia Hamilton poussa les portes des cuisines du restaurant et s'arrêta à plusieurs tables avant de venir à la nôtre.

— Vous vous régalez ? demanda-t-elle en nous regardant tour à tour.

— Toujours, répondis-je rapidement.

Ses yeux bleus interrogateurs se tournèrent vers Gemma.

— Oh que oui, répondit Gemma avec assurance.

— Tant mieux. Vous avez besoin d'autre chose ?

— Non, merci, dis-je tandis que Gemma secouait la tête.

— J'ai prévu de venir à l'un de vos cours de yoga bientôt, commenta Délia. Je passe mes journées à piétiner alors j'espère que ça m'aidera à soulager un peu mon dos.

— Je serais ravie de vous aider, répondit Gemma avec un sourire. Votre restaurant est vraiment agréable.

— C'est Délia qui cuisine et s'occupe du restaurant. La station appartient à son mari, Garrett, et ses frères et sœurs. Il est avocat donc je fais ce que je peux pour ne pas me le mettre à dos, intervins-je.

Délia rit.

— Il est avocat, oui, mais il n'est pas vicieux. Et puis, il travaille moins ces temps-ci. Il préfère passer plus de temps à pêcher et chasser. Il adore ça.

— Il doit en voir, des choses, en Alaska, commenta Gemma.

— Oh oui, on a une faune très variée ici, répondit Délia. Il faut que je retourne en cuisine. Ravie de vous avoir rencontrée, Gemma. On se voit à l'un de vos cours très bientôt.

Délia s'éclipsa, sa queue de cheval dorée dansant alors qu'elle traversait le restaurant en direction des cuisines.

Nous profitâmes de notre dîner, interrompus çà et là par divers clients qui nous avaient reconnus, dont Gage Hamilton, qui avait rendu ses lettres de noblesse à la station de ski. Du moins, c'était ce que Nora m'avait dit, elle qui se tenait au courant des potins du coin.

— Ravi de vous avoir rencontrés, dit Gage en souriant à Gemma avant d'aller en cuisine.

— J'ai l'impression que tu connais tout le monde, commenta Gemma en s'essuyant avec sa serviette.

Je ris.

— Pas tout le monde, non. Mais bon, je vis ici depuis cinq ans. Si tu restes dans le coin, tu te rendras vite compte qu'il n'est pas difficile d'apprendre à connaître les gens d'ici. Surtout avec la saison touristique. On connaît bien ces gens parce qu'ils nous envoient du monde, et nous pareil. Ça va dans les deux sens. C'est comme ça que j'ai rencontré autant de personnes. Ce sera pareil pour toi, tu verras. Tu comptes rester à Diamond Creek ?

Le regard de Gemma trouva le mien. Je crus apercevoir une ombre traverser ses yeux, jusqu'à ce qu'elle relève la tête et acquiesce.

— C'est le plan, oui. Tant que j'en ai les moyens.

— Tes cours sont toujours complets quand j'y vais.

Un sourire traversa ses lèvres.

— C'est parce que Daphné y traîne tout le monde. C'est elle qui fait tourner mes affaires.

— Pourquoi est-ce que tu es venue en Alaska ? demandai-je.

L'Alaska attirait de nombreuses personnes à la recherche d'une nouvelle vie. Tout le monde avait une histoire à raconter sur ce qui les avait attirés ici, et pourquoi. Que ce soit pour changer de décor ou pour profiter de la nature, nous avions tous une raison d'être là.

Gemma baissa les yeux un instant alors qu'elle buvait une gorgée de vin. Puis elle poussa un petit soupir, l'air triste. J'avais beau ne pas connaître son histoire, un besoin protecteur me traversa aussitôt. Nous n'avions partagé qu'un seul baiser. Le plus époustouflant de toute ma vie, cela dit. Je la connaissais depuis quelques mois à peine, et je voulais pourtant la protéger de la lueur sombre que je voyais au fond de ses yeux plus que tout au monde.

— J'avais besoin de changement. Je ne savais pas trop où aller, mais j'ai remporté un voyage tous frais payés ici. Pas à Diamond Creek, à Anchorage. J'ai adoré le coin mais je n'étais pas sûre de vouloir rester en ville. Une femme qui séjournait au même hôtel que moi m'a suggéré d'aller faire un tour à Diamond Creek. Je l'ai fait et j'ai trouvé un job pour m'occuper de chevaux. La maison était incluse avec le deal, et j'ai vu ça comme un signe étant donné que j'adore faire du cheval. Le salaire suffisait à payer mes factures donc je me suis dit que ce serait l'opportunité parfaite de m'ins-taller ici. Et toi, alors, comment tu as fini à Diamond Creek ?

— L'Air Force, répondis-je simplement.

— T'étais stationné en Alaska ?

Je secouai la tête.

— J'étais dans l'Air Force avec Flynn, Elias, Gabriel et Tucker. Flynn a grandi ici et il est rentré pour s'occuper de son frère et de ses sœurs à la mort de leur mère. Il nous a invités à venir travailler pour lui quand on a quitté l'Air Force, vu qu'il avait besoin de pilotes. Elias et moi sommes arrivés quasiment en même temps, il y a cinq ans. Tucker et Gabriel un an plus tard.

— Vous avez l'air sacrément proches, tous.

— Oui, on est comme une famille.

— Et où est-ce que tu as grandi ? me demanda-t-elle.

— J'étais gosse de militaire. Mon père était dans l'Air Force, lui aussi. On a vécu dans tout le pays. J'ai quatre sœurs mais mes deux parents sont décédés.

— Désolée de l'apprendre, répondit-elle.

— Merci. Ça fait quelques années mais ils me manquent

encore. J'ai eu beaucoup de chance. Ils s'aimaient énormément et nous aimaient aussi beaucoup, donc mes sœurs et moi sommes restés très proches même si on ne vit plus au même endroit. Et toi, alors ? D'où est-ce que tu viens ?

— De Portland, dans l'Oregon. Mes parents et mon frère y vivent encore.

— Et que pense ta famille de ton déménagement dans l'Alaska ?

— Ils me soutiennent même s'ils auraient préféré que je reste près d'eux. Je n'arrête pas de leur dire qu'il y a des vols directs de Portland à ici et que ce n'est pas si loin.

J'eus l'impression que Gemma était gênée de parler de sa famille et je décidai donc de changer de sujet.

— Beaucoup de familles préfèrent vivre dans le même coin, conclus-je.

Le serveur vint débarrasser nos assiettes, après quoi nous consultâmes la carte des desserts. Gemma décida de ne pas en commander, et je choisis d'en faire autant lorsqu'elle croisa mon regard et dit :

— J'ai des brownies à la maison.

— Ça veut dire que je peux en avoir un ? la taquinai-je, adorant la façon dont ses joues rougissaient.

Elle se mordilla la lèvre inférieure, m'arrachant un frisson de désir, puis elle acquiesça.

— Bien sûr que tu peux en avoir un.

Je demandai l'addition au serveur qui s'éclipsa en me disant qu'il me l'apportait immédiatement.

— On coupe la poire en deux, dit Gemma.

Je la regardai.

— Je t'ai invitée à dîner alors c'est moi qui paye.

Elle se pinça les lèvres.

— Non, chacun paye sa part.

— Et si tu m'invitais à dîner pour qu'on soit quittes ? contrai-je.

Les yeux de Gemma brillèrent. Elle poussa un rire rauque, qui m'enivra de désir.

— D'accord. La prochaine fois, c'est moi qui régale.

Je ne pus résister à l'envie de poser la main sur son dos alors que nous sortions, juste au-dessus de la courbe tentatrice de ses fesses. Si nous n'avions pas été en public, je n'aurais sans doute pas résisté à l'envie d'aller les caresser. Je ne savais pas vraiment ce qui se passait entre Gemma et moi, mais j'étais au moins certain d'une chose ; je la désirais. Avec une intensité qui me surprenait.

Lorsque nous avions planifié la journée d'aujourd'hui, je lui avais dit qu'il faudrait que je passe la chercher étant donné qu'il y avait peu de places pour se garer au hangar à avion. Ce qui était vrai, du moins en partie.

J'avais voulu l'avoir rien qu'à moi. J'avais voulu faire un tour de moto avec elle de nouveau, mais pas pour pourchasser un cheval, cette fois.

Nous retournâmes à ma moto et je lui tendis son casque.

— T'en as toujours deux sur toi ?

Je secouai la tête.

— Non, c'est rien que pour toi.

Elle écarquilla les yeux sans pour autant répondre, avant de grimper derrière moi. Je me délectai de la sensation de ses courbes pressées contre mon dos alors qu'elle glissait les bras autour de ma taille.

Je ne prenais normalement pas de passager sur ma moto, encore moins des femmes. J'avais toujours un casque en plus à la maison pour mes sœurs. Cat m'avait supplié de l'emmener faire un tour, une fois. Malheureusement pour moi, Flynn avait accepté lorsque je lui avais dit qu'il fallait d'abord qu'il lui donne sa permission. Cat était comme une petite sœur pour moi, et je n'avais aucune envie de lui faire courir le moindre danger.

Je m'arrêtai devant la maison de Gemma, tenté de me retourner pour la prendre ici et maintenant, sur la moto, sans attendre une seconde de plus. Je n'en fis rien, pourtant. J'avais des manières, après tout.

Chapitre Neuf

GEMMA

Les vibrations de la moto de Diego résonnaient dans tout mon corps lorsqu'il coupa le moteur. À contrecœur, je me redressai et lui lâchai la taille. La balade de ce soir avait été bien différente de la première. J'avais été prise de court en voyant Diego la première fois, chamboulée par l'évasion de Charlie. Mais ce soir, je savais ce que ça faisait, d'être blottie entre ses bras, et je m'étais délectée de sentir son corps puissant contre le mien.

J'étais en train de l'imaginer se tourner pour me ravager le corps, là, maintenant, sur la moto même, lorsque j'entendis des bruits de sabots au loin. Je me tournai vers le champ et vis Charlie approcher, les deux autres chevaux sur ses talons. Il y en avait quatre en tout, mais le plus vieux avait tendance à rester près de l'enclos. Shasta était le cheval le plus gentil du groupe, mais il avait les articulations douloureuses avec l'âge. J'aimais lui donner des friandises dès que j'en avais l'occasion.

Diego descendit de moto et retira son casque. J'en fis autant et lui rendis le mien, lissant mes cheveux.

— Merci pour la balade.

Il était près de vingt-et-une heures et le ciel commençait tout juste à s'assombrir. Les étoiles brillaient doucement dans les derniers rayons du jour.

Diego acquiesça, les yeux braqués sur le champ et les montagnes au loin.

— Les chevaux sont contents de te voir, dit-il en souriant alors que son regard retrouvait le mien.

Sa remarque était tout à fait innocente mais son regard fit virevolter des papillons dans mon ventre et affola mon pouls.

— Ils sont curieux. Ils n'ont pas faim, ne t'inquiète pas. Je les ai nourris avant que tu passes me chercher.

— Ils passent la nuit dans le champ ?

Je secouai la tête.

— Non, il faut que je les rentre dans leurs box. Tu me donnes un coup de main ?

— Bien sûr.

Il rangea mon casque dans le compartiment sous son siège et posa le sien sur le siège avant de m'emboîter le pas.

Tous mes sens étaient en alerte, embrasés par la présence de Diego. Le son de nos bruits de pas sur les gravillons fut entrecoupé par une chouette qui chantait dans un arbre, non loin de là. Lorsque les chevaux me virent me diriger vers la grange avec Diego, ils nous y rejoignirent en trottant.

J'ouvris les portes de la grange et l'odeur du foin, du cuir et des chevaux emplit mes narines. C'étaient les odeurs de mon enfance. Ma mère adorait monter à cheval et nos voisins possédaient une ferme où nous allions souvent monter. C'était un véritable refuge à mes yeux, à une époque durant laquelle j'avais eu l'impression de ne pas pouvoir rivaliser avec la réussite de mon frère et de mes parents.

La dyslexie était un trouble relativement courant, mais il n'en restait pas moins difficile à vivre tant qu'il n'était pas identifié. Malheureusement pour moi, les attentes de mes parents avaient longtemps retardé le diagnostic. J'avais réussi à faire la paix avec leur erreur au fil du temps, mais il était indéniable que ce qu'ils avaient fait avait eu un terrible impact sur mon enfance. L'école prend tellement de place dans la vie d'un enfant que si les choses s'y passent mal, cela peut donner lieu à une montagne de doutes et un profond manque de confiance. Les chevaux et le softball étaient les deux seules choses qui me permettaient de me changer les idées à l'époque, et une seule de ces passions n'avait pas été entachée.

Diego regarda autour de lui.

— Sympa, la grange.

Elle était petite, mais bien entretenue, divisée en quatre box séparés par un couloir. De l'autre côté, une porte donnait sur le petit enclos. Le doyen, Shasta, entra lentement dans la grange, levant le museau pour me donner un petit coup dans l'épaule.

— Coucou toi, dis-je en lui grattant le front.

Il se tourna vers Diego pour le renifler d'un air curieux, lui mordillant l'épaule d'un air taquin.

— Je crois que c'est sa façon à lui de faire un bisou, dis-je en riant.

Diego n'en semblait pas le moins du monde dérangé, ce que je trouvai profondément attachant. Il rit en caressant Shasta. Shasta était autrefois un cheval tacheté, comme m'en avaient informé les photos disséminées dans la maison, mais il était presque complètement blanc à présent. Il adorait être brossé, et je le faisais donc chaque jour, portant une attention particulière à sa crinière et sa queue, qu'il remuait affectueusement chaque fois que je passais par là. Shasta connaissait la musique, aussi il rentra dans son box, le plus près de la porte de l'enclos.

Charlie entra à son tour en trottant, s'arrêtant rapidement pour saluer Diego qu'il sembla reconnaître.

— Je crois qu'il sait qu'on s'est déjà vus, commenta Diego en riant.

— Sûrement. T'as dû lui faire forte impression avec ta moto.

Charlie alla s'installer dans son box et les deux derniers chevaux l'imitèrent. L'un deux avait une robe baie avec une tache blanche sur le front, et appartenait à une femme qui vivait au bout de la route et passait relativement souvent. Le dernier était alezan, avec une grosse tache blanche sur le museau. Il appartenait à un voisin du coin, lui aussi, mais son propriétaire passait quant à lui bien moins souvent.

Une fois tous les chevaux dans leur box, Diego m'aida à en verrouiller les portes. Nous allâmes chercher un peu de foin que nous jetâmes à l'intérieur.

Mon estomac bondit d'excitation lorsque nous sortîmes de la grange. J'avais envie d'inviter Diego à entrer, mais j'étais incapable de me souvenir quand j'avais reçu quelqu'un chez moi pour la dernière fois.

Ma bouche était cependant plus rapide que mon cerveau puisque ma question échappa à mes lèvres malgré moi :

— Tu veux entrer un moment ?

— Bien sûr. Tu m'as promis un délicieux brownie, je te signale.

— Ah oui, c'est vrai. J'ai dit que mes brownies étaient délicieux ?

— Non, mais c'est pour eux qu'on a renoncé au dessert. Mais je n'insisterai pas si tu as changé d'avis.

Je lui lançai un regard en coin et surpris son sourire taquin. Les papillons dans mon estomac firent une petite danse.

— Oh, j'insiste, répondis-je, les joues rouges.

Je louais une petite maison de ferme. Nous entrâmes par la porte principale, qui donnait sur le salon. D'un côté, une arche donnait sur la cuisine et la salle à manger, et de l'autre, une deuxième arche donnait sur un couloir qui desservait trois chambres et une salle de bain. Comme partout en Alaska, chaque fenêtre de la maison donnait sur des arbres verdoyants et les montagnes.

Diego regarda autour de lui.

— C'est sympa.

— J'adore l'endroit, dis-je. C'était déjà meublé en plus.

Je retirai mes chaussures près de la porte et il m'imita.

— Viens, dis-je en me dirigeant vers la cuisine. Je vais te servir un brownie.

J'adorais le chocolat et je n'avais pas honte de dire que je faisais de délicieux brownies, avec un cœur coulant au chocolat noir à tomber par terre. Chauds, avec un peu de glace à la vanille sur le côté, c'était le meilleur dessert de l'univers à mes yeux.

Diego me suivit dans la cuisine qu'il observa ; les plans de travail disposés le long de ses trois murs, la table ovale installée près des fenêtres qui faisait office de coin petit-déjeuner.

— Assieds-toi, lui dis-je par-dessus mon épaule. Tu veux boire un truc ?

— Juste de l'eau.

Je coupai deux brownies que je réchauffai au micro-ondes avant d'aller rejoindre Diego. Je le regardai manger une bouchée et pousser un gémissement qui m'arracha un frisson. Le moindre de ses gestes semblait affoler mes hormones et je devais admettre que j'adorais ça.

— Bordel. C'est vraiment bon, dit-il. Le meilleur brownie que j'ai jamais mangé.

Je n'aurais jamais imaginé rougir furieusement pour un compliment pareil.

— Merci. Je suis sûre que Délia fait des desserts au moins aussi bons que ça, sachant que leurs plats sont succulents.

Diego mangea une nouvelle bouchée.

— C'est vrai que tout ce qu'elle cuisine est excellent mais je doute qu'elle puisse battre ce brownie. Avec la glace, c'est divin.

Je ris en mangeant une bouchée.

— Alors, qu'est-ce que t'as pensé de la balade en avion ? me demanda-t-il après avoir terminé son bol.

— C'était génial. Je n'étais jamais montée dans un petit avion comme ça. C'est dingue que ce soit ton travail.

Il sourit.

— Je trouve ça dingue aussi, parfois. Je vole depuis des années. C'est pour ça que je me suis engagé dans l'Air Force. Je voulais devenir pilote. Mais je ne pensais pas décrocher un travail aussi génial que celui-là en sortant de l'armée.

— Vous devez adorer ça, tous.

— Oui. J'ai un travail de rêve et je travaille avec des potes qui sont comme une famille pour moi. Il n'y a pas mieux. Je suis un homme heureux.

Mon cœur se serra. Ce qu'il décrivait, ce sentiment, c'était tout ce dont j'avais toujours rêvé ; cette impression d'avoir trouvé ma place dans le monde et d'avoir ma famille à moi. J'avais l'impression de poursuivre cette chimère depuis toujours.

Peinée, je me levai pour mettre nos bols dans l'évier. Je le sentis se lever à son tour et traverser la cuisine pour me rejoindre. Sa présence, virile et puissante, était impossible à ignorer.

Je me tournai et le trouvai appuyé contre le plan de travail, une main agrippée au bord et l'autre dans sa poche. Je n'avais plus rien pour m'occuper, et mon ventre se noua.

— Viens-là, murmura-t-il d'une voix rauque.

Et comme je faisais apparemment tout ce que Diego me demandait, je traversai la cuisine pour aller me poster devant lui. Il tendit la main pour prendre la mienne et m'approcha de lui. Sa chaleur enveloppa tout mon corps, éveillant mon désir.

— Je vais encore t'embrasser, dit-il lentement et intensément, chacun de ses mots faisant grandir les flammes de mon envie.

Je m'humectai les lèvres, le souffle court.

— D'accord, murmurai-je.

Puis il m'empoigna par les hanches pour me presser contre lui. Son souffle était telle une douce caresse sur ma peau, et il pencha la tête pour déposer un baiser dans mon cou, juste derrière mon oreille, m'arrachant un frisson ardent. Il retourna à mes lèvres lentement, déposant des baisers enivrants sous ma mâchoire, puis au coin de mes lèvres, jusqu'à ce qu'enfin, *enfin*, ses lèvres trouvent les miennes.

Cela n'avait duré que quelques secondes à peine, mais j'avais l'impression d'avoir été torturée pendant une éternité lorsqu'il glissa finalement sa langue dans ma bouche. Je gémis contre ses lèvres sans la moindre gêne, ma langue allant trouver la sienne, affamée. Il rugit en réponse, sa main malaxant mes fesses. Je sentis sa virilité dure et chaude se presser contre mes cuisses. Je le désirais tout entier. *Maintenant.*

Il dévora ma bouche avec sensualité, se redressant légèrement pour me mordiller les lèvres avant que sa langue aille retrouver la mienne. Ivre de désir, je glissai les mains sous sa chemise. Bon sang, il était *tout* en muscles. Sa peau était chaude sous mes doigts, et je le sentis frissonner alors que je le caressais.

Il marmonna quelque chose en arrachant ses lèvres aux miennes, le souffle court. Je repris mon souffle alors que mon cœur battait la chamade.

Ses yeux arpentèrent mon visage. Nous nous tûmes un moment, nous fixant l'un l'autre. Cet instant semblait si intime. Personne ne m'avait jamais regardée avec une intensité pareille.

Sa main quitta mes fesses et je regrettai aussitôt sa caresse, jusqu'à ce qu'il effleure la peau que mon décolleté laissait entrevoir. Son toucher était ardent, et il s'arrêta juste au-dessus du plus haut bouton de mon chemisier.

—Je t'en prie, m'entendis-je dire.

Je reconnaissais à peine cette voix suppliante qui était pourtant la mienne. Je n'étais pas du genre à perdre la tête à cause d'un homme. J'avais presque l'impression de regarder une étrangère investir l'enveloppe charnelle qui était la mienne jusque là.

Diego, qui devait avoir lu dans mes pensées, défit le premier bouton, puis le deuxième, et le suivant, son regard séducteur ne quittant jamais le mien.

Chapitre Dix

DIEGO

Le chemisier de Gemma était doté de boutons ridiculement petits. Je n'avais jamais imaginé être à ce point perturbé par des boutons mais ils m'agaçaient profondément et faisaient naître une tension impossible en moi. Ses gémissements essoufflés ne faisaient rien pour m'apaiser, tout comme la façon dont elle me caressait le torse, d'ailleurs.

Lorsque son chemisier s'ouvrit et que j'aperçus son soutien-gorge en dentelle bleu marine, je poussai un rugissement rauque malgré moi. Ivre d'envie, je la retournai et la soulevai pour l'asseoir sur le plan de travail. Elle jappa de surprise et un sourire traversa mes lèvres alors que je trouvais son regard.

— Pardon, je ne voulais pas te faire peur, ma beauté, murmurai-je avant de déposer une volée de baisers le long de sa clavicule.

Je me torturai un peu, caressant la douce courbe de son ventre avant d'aller malaxer ses seins. Ils étaient parfaits entre mes mains. Je caressai la dentelle à l'aide de mon pouce et sentis ses tétons se dresser sous mon toucher. Ses paupières étaient à demi closes, et elle haletait.

J'avais besoin de ses lèvres de nouveau, et je les capturai dans un baiser ardent. Elle embrassait si bien. Sa bouche s'ouvrit aussitôt, chaude et délicieuse, et sa langue livra bataille à la mienne. Elle avait un goût de chocolat, et était délicieuse comme je ne l'aurais jamais imaginé possible. Le chocolat et les baisers allaient si bien ensemble.

Je dévorai sa bouche, affamé, tout en découvrant son corps du bout des doigts. Je glissai une main autour de sa taille, effleurant sa peau douce avant d'aller malaxer ses fesses sous son jean. Je remerciai le ciel en silence qu'il ne soit pas trop moulant pour gêner mon exploration.

Tout chez Gemma était doux, chaud et sensuel. Alors que ma queue, elle, était dure comme du bois et ivre de désir pour elle. J'avais terriblement envie d'elle, mais je voulais que cette soirée soit pour elle. Même si je n'étais normalement pas du genre à me refuser une nuit torride, je me retenais, avec Gemma. Comme si je savais que ce serait meilleur encore si j'attendais.

Je m'arrachai enfin à ses lèvres délicieuses pour murmurer :

— Tu as si bon goût.

Elle me répondit d'un gémissement alors que je pinçais son téton entre mon pouce et mon index, juste avant de dégrafer son soutien-gorge. Puis je me redressai pour mieux les admirer. Sa poitrine était bien ronde et rebondie, ses tétons d'un rose profond déjà tendus vers mes lèvres.

Et je brûlais d'envie de les goûter. Aussi, je penchai la tête pour glisser l'un d'entre eux entre mes lèvres. J'y enroulai ma langue et je le suçai doucement avant de m'écarter. Je craignis presque de jouir dans mon jean comme un ado en rut sans même qu'elle me touche lorsqu'elle gémit en criant mon nom. Je ne pus résister à l'envie d'offrir les mêmes attentions à son autre téton. Je ne voulais pas qu'il se sente exclu.

Gemma glissa la main entre nous pour aller caresser ma queue. Bordel. Elle était en train de mettre sérieusement à l'épreuve les limites de ma discipline. Je levai la tête en caressant son téton, me délectant de la façon dont elle se cambrait sous mon toucher.

Lorsqu'elle me caressa de nouveau, je murmurai :

— Doucement.

Elle leva la tête, son regard vitreux me frappant comme un fouet, attisant mon désir.

— J'ai envie...

Ses mots moururent sur ses lèvres lorsque je plaquai la main sur sa féminité.

Je sentais à quel point elle était chaude, même à travers son jean.

— Dis-moi ce que tu veux, beauté.

— Quelque chose, haleta-t-elle, son ton presque agacé.

Je déboutonnai son jean rapidement et je baissai la braguette, son bruit se mêlant à toutes les sensations qui se bousculaient dans mon corps. Je glissai la main dans son pantalon, et trouvai sa culotte déjà trempée d'excitation.

Je n'avais aucune envie de faire dans la dentelle, pas ce soir. J'avais l'impression d'être un rocher qui dévalait une colline, secoué brutalement alors que je poursuivais la seule chose dont je rêvais. Enfin non, pas la *seule* chose, mais la seule que je m'autoriserais à avoir ce soir ; son plaisir.

Elle agitait les hanches sous ma main et bien que je manquais d'espace, j'écartai sa culotte pour plonger les doigts dans sa féminité humide d'envie. Je me penchai pour capturer ses lèvres de nouveau et j'avalai son gémissement tandis que je plongeais un doigt, puis un autre en elle.

Bordel. Sentir son sexe chaud et humide autour de mes doigts alors que je la menais vers l'extase était une expérience unique comme je n'en avais jamais connu. Ses seins effleuraient mon torse au rythme de sa respiration affolée. Nos corps avaient beau être séparés par mon T-shirt, cette sensation était enivrante. Je me fis violence pour ne pas perdre le contrôle, plongeant ma langue dans sa bouche pour reproduire le mouvement de mes doigts dans son vagin alors qu'elle s'agitait contre moi.

Je la sentis se tendre alors qu'elle jouissait. Je levai la tête, désireux d'assister à ce spectacle. Elle avait les joues rouges et ses lèvres étaient gonflées.

— Je veux voir tes yeux, dis-je d'une voix tendue, submergé de désir.

Elle leva la tête pour croiser mon regard et je la regardai atteindre l'extase. Elle ferma les yeux alors que son corps tremblait et qu'elle se cambrait, son cou tendu sous le coup d'un hurlement de plaisir.

Chapitre Onze

GEMMA

Je remarquai à peine Diego retirer sa main et arranger ma culotte avant de refermer mon jean. Il resta près de moi tout du long et je posai la tête sur son épaule tandis que je m'efforçais de reprendre mon souffle après l'orgasme le plus époustouflant de ma vie.

J'étais loin d'être vierge, mais je n'avais jamais connu un tel plaisir avec un homme. Mes expériences précédentes étaient, au contraire, plutôt rasoir. J'avais fini par me résigner à l'idée que le sexe ne soit jamais rien d'autre que ça. Mais Diego venait de tout chambouler en m'enivrant d'un plaisir renversant. J'avais l'impression de flotter.

Je sentais encore sa virilité dure pressée contre l'intérieur de ma cuisse.

J'ignorais pourquoi, mais j'avais comme l'impression qu'il était bien décidé à ne pas aller plus loin ce soir et une partie de moi s'en inquiétait. Mes expériences passées m'avaient poussée à croire qu'il était du devoir d'une femme de satisfaire les envies d'un homme. Je voulais rendre à Diego ne serait-ce qu'une partie du plaisir qu'il venait de me donner. Voire même plus. Je ne m'y sentais d'ailleurs pas obligée, ce qui me semblait étrange en soi. Ne serait-ce que parce que cela n'avait rien à voir avec mes expériences passées. Je me sentais bien dans ma peau quand j'étais avec lui, comme cela n'avait jamais été le cas avec aucun homme.

Enfin, je trouvai la force de lever la tête et d'ouvrir les yeux. Je découvris que j'étais agrippée à sa taille. Mon orgasme avait été si puissant que je n'avais même pas remarqué que je m'étais accrochée à lui de cette façon.

Il ouvrit les yeux, son regard cherchant le mien. Puis il pencha la tête pour m'embrasser, juste assez longtemps pour raviver les flammes de mon désir.

Lorsqu'il s'écarta, je ne pus m'empêcher de lui demander :

— Et toi alors ?

— Pas ce soir, ma beauté, dit-il d'une voix rauque.

Le simple fait d'entendre sa voix m'arracha un nouveau frisson. J'avais l'impression que ma libido s'était réveillée après avoir hiberné pendant des années, et qu'elle était désormais débordante d'énergie et affamée.

Je me surpris à insister :

— Pourquoi pas ?

Diego se tut un moment et ma vulnérabilité se raviva soudain. Je crus voir la même émotion briller dans ses yeux, mais elle disparut bien vite.

— Parce que je ne veux rien précipiter. Pas avec toi.

Il ponctua sa réponse d'un autre baiser.

Chacune de ses caresses était telle une goutte de miel, chaude et sucrée qui dévalait ma peau.

— Ça ne te dérange pas, au moins ? demanda-t-il en levant la tête pour sonder mon regard de nouveau.

Je secouai la tête instinctivement. Parce que non, ça ne me dérangeait pas. Parce qu'il était possible, après tout, que le sexe ne soit pas une transaction. Même si cette idée était toute nouvelle pour moi.

Il recula et m'aida à descendre du plan de travail. J'agrafai mon soutien-gorge et il reboutonna mon chemisier. Ses phalanges n'avaient de cesse d'effleurer ma peau et d'y faire naître de nouvelles étincelles.

J'avais encore l'impression d'être sur un petit nuage de plaisir.

— J'ai vraiment passé une bonne journée, dis-je en le regardant.

Un sourire traversa ses lèvres et mon cœur se gonfla, me prenant par surprise.

— Je suis bien d'accord. N'oublie pas que tu me dois un dîner.

— Bien sûr que non. Où est-ce que tu voudrais aller ?

Je me maudis en silence de répondre avec un tel enthousiasme, sans l'ombre d'une hésitation. Je ne connaissais pas encore très bien les règles qui régissaient les relations amoureuses. Enfin si, mais je n'étais pas franchement très douée pour les appliquer. Soit parce que je n'étais pas intéressée, soit parce que j'avais du mal à y aller doucement, soit parce que je ne ressentais rien pour l'homme en question ou alors, comme dans ce cas présent, parce que j'étais trop avide. Ce qui me semblait aller à l'encontre des règles. J'étais censée attendre avant de vouloir le revoir, peut-être même une durée précise. J'étais presque certaine qu'en faisant des recherches en ligne, je trouverais des milliers d'articles ou de discussions détaillant combien de temps il fallait attendre avant de revoir l'autre, et pourquoi il était essentiel de ne pas aller trop vite.

Mes pensées se précipitaient encore dans mon esprit lorsque Diego sortit son téléphone de sa poche.

—J'ai des vols de prévus ces sept prochains jours, me dit-il en me lançant un regard désolé.

Mon cœur apeuré se réjouit à son expression. Il était déçu. Peut-être n'avais-je pas tout gâché en me comportant en vraie midinette, après tout.

— Bon, tiens-moi au courant dans ce cas, répondis-je.

— Pas de problème. Ah, et ma sœur doit bientôt venir me rendre visite. Je ne sais pas encore quand exactement. Je te jure qu'on ira bientôt dîner, mais je doute que tu veuilles y aller avec elle. Pas tout de suite, en tout cas. Elle est trop curieuse, elle te foutrait la trouille. Mais je l'adore, hein.

Je me mordis la lèvre, riant presque de la description adorable qu'il faisait de sa sœur et de l'agacement attendri que je percevais dans son ton.

— Disons samedi prochain, après mon dernier vol. On a toujours deux jours de congé quand on enchaîne sept jours de travail. Comme ça, je suis sûr de ne pas travailler ce jour-là.

— Et ta sœur ?

— Si elle arrive avant, elle saura s'occuper, répondit-il en haussant les épaules.

Chapitre Douze

DIEGO

Quelques jours plus tard

Je bus mon café d'une traite et m'enfonçai dans ma chaise, à la table de cuisine de l'auberge.

— Bordel, ce qu'il est bon ce café.

Elias rit, assis en face de moi. Il s'était pointé ce matin pour notre brunch réservé aux employés avec du café pour tout le monde préparé par Cammi. Elle l'avait mis dans des gourdes isothermes, si bien qu'il était encore chaud à son arrivée.

— C'est bien vrai. T'as pas intérêt à rompre avec elle, j'espère que tu le sais, commenta Tucker, assis à côté de moi.

— Je suis bien d'accord. Il faudra soumettre ta décision au vote avant, ajouta Gabriel.

— Je n'ai aucune intention de rompre avec elle, répondit Elias. Et ça n'a rien à voir avec son café.

— On sait que t'es accro, pas besoin de nous le rappeler, commenta Gabriel.

Il avait l'air légèrement agacé, sans doute frustré que Nora et lui doivent encore se cacher.

En parlant du loup, Nora entra par la porte du couloir. Elle vivait dans sa propre maisonnette non loin de là et ne séjournait pas dans l'appartement familial de l'auberge.

— Bonjour, dit-elle en approchant pour voir ce que Daphné était en train de préparer.

Daphné se tourna vers elle.

— Il y a de l'omelette aux légumes ou à la viande.

Nora sourit en se servant. Bien que l'auberge ne désemplissait pas depuis que Daphné avait commencé à y travailler, elle s'assurait malgré tout de préparer de bons petits plats pour les employés au moins deux fois par semaine, à l'occasion d'un dîner et d'un brunch réservés aux employés. Elle disait qu'il était important pour elle de faire une pause et de ne pas passer tout son temps à cuisiner pour les clients. Selon elle, c'était un moyen de les pousser à aller découvrir les restaurants de la ville. Daphné était la chef de l'auberge, mais aussi sa gérante, depuis quelque temps. Flynn avait été si occupé par la création de son service de balades en avion qu'il n'avait pas eu franchement le temps de s'occuper d'autre chose.

Depuis son arrivée, Daphné s'était pratiquement associée à toutes les entreprises de la ville pour l'envoi de clients. C'était génial. Ça nous permettait de nous détendre un peu et de passer du temps tous ensemble, lorsque les touristes qui séjournaient à l'auberge n'étaient pas là.

Nora nous rejoignit à table, se laissant tomber sur la chaise libre à côté de Gabriel.

— Alors, quelles sont les nouvelles du matin ? demanda-t-elle à l'assemblée.

Elias posa un gobelet à café sur lequel était inscrit son nom devant elle.

— Il doit encore être chaud. Cadeau de Cammi.

Nora écarquilla les yeux.

— Oh, bordel. Elle est vraiment géniale. T'as pas intérêt à rompre avec elle.

— Rah, mais putain, marmonna Elias. Qu'est-ce que vous

avez tous, à me dire ça ? Je n'ai aucune intention de rompre avec Cammi.

Flynn rit face à l'air surpris de Nora.

— On lui a dit exactement la même chose que toi.

Nora sourit et des fossettes apparurent dans ses joues.

— Bah c'est vrai, quoi. On a pas envie de se priver du meilleur café de la ville, d'autant qu'elle a le monopole sur l'industrie maintenant.

La conversation se poursuivit. Daphné, qui ne décrochait jamais du travail même lorsque nous étions censés faire une pause, voulait parler du menu. Cat rentra de sa soirée chez sa copine de la veille. Nous allions nous séparer pour aller travailler lorsque je me rappelai que ma sœur devait arriver le lendemain. Elle avait avancé son arrivée.

— Demain ? Trop cool. J'adore Harley. Elle est marrante, commenta Cat.

J'acquiesçai lentement.

— C'est vrai, oui. Je lui ai dit que si elle prévoyait de passer beaucoup de temps en ville, elle allait devoir louer une voiture.

— Elle peut emprunter l'un des pick-up de l'auberge, répondit Flynn. On en a trois et on ne se sert que de deux.

— Elle ne conduit que des automatiques, répondis-je.

— T'es sérieux ? intervint Grant, l'air horrifié.

Je ris.

— Ouais. Les gosses n'apprennent plus toujours sur les boîtes manuelles de nos jours.

— Moi je sais faire, dit Cat. Je pourrais lui apprendre, même si je n'ai pas encore mon permis.

— Tu le passes quand, au fait ? demanda Daphné.

Cat sortit son téléphone pour consulter son agenda.

— Dans deux semaines. Mais je préférerais ne pas le passer sur une boîte manuelle. J'ai beau savoir m'en servir, je préfère ne pas prendre le risque de faire une bourde.

— T'as qu'à t'entraîner à conduire avec ma voiture, proposa Daphné. C'est un SUV automatique. Il va juste falloir trouver le temps de t'entraîner un peu avant ton examen, dit-elle en se tournant vers Flynn.

Ce n'était pas comme s'il pouvait refuser quoi que ce soit à Daphné. Il acquiesça donc rapidement.

— Bien sûr. Je vous laisse faire.

Cat sourit d'un air soulagé avant de se lever.

— Je reviens, je vais juste poser mon sac.

Le groupe se sépara lentement jusqu'à ce qu'il ne reste plus que Flynn, Daphné, Nora et moi. Cat vint bientôt nous rejoindre pour manger, mais elle était occupée à envoyer des messages vocaux à une amie. Je la regardai faire, un peu hébété, en me demandant pourquoi elle ne se contentait pas d'appeler. Je me sentais vraiment vieux, parfois.

— J'espère que t'es prêt, m'interpella Nora.

— Prêt à quoi ? contrai-je.

— À voir ta sœur. La dernière fois qu'Harley était là, elle t'avait dégoté trois fiancées potentielles. Des copines à elle. Tu n'as pas peur qu'elle en amène une avec elle ?

Je soupirai. Après un bref silence, je me tournai vers Nora.

— J'en ai pas la moindre idée. Elle va sûrement me prendre la tête, mais j'ose espérer qu'elle n'amènerait personne sans m'en parler d'abord. D'autant qu'il faudrait qu'elle se prenne un hôtel, sachant qu'Harley va s'installer dans la vieille chambre d'Elias.

— Il était temps qu'il déménage ses affaires, commenta Daphné en riant. C'est quand la dernière fois qu'il a passé la nuit là-bas ?

— Je m'en rappelle même pas, intervint Flynn.

— Ouais, il passe tout son temps chez Cammi. Je suis vraiment heureux pour lui, répondis-je.

Nora me scruta en silence un moment, pensive.

— Et toi, alors ? J'ai toujours pensé que tu serais le premier à te caser. Je suis surpris que tu n'aies pas déjà des gamins. T'es l'archétype du père de famille.

Flynn acquiesça.

— Je suis bien d'accord.

Je haussai les épaules.

— Qui sait, un jour peut-être.

Nora sourit, une lueur espiègle au fond des yeux. Je devinai aussitôt ce qu'elle avait en tête.

— Et Gemma, alors ?

Son visage traversa mon esprit ; ses joues rouges, ses lèvres gonflées par nos baisers et ses yeux voilés par le désir. Il avait fallu que je me fasse violence, l'autre soir, pour ne pas aller jusqu'au bout avec elle. Mais je n'allais pas dire *ça* à Nora.

— Quoi, Gemma ? contrai-je.

— Délia m'a dit que vous aviez dîné ensemble l'autre soir et on sait tous que tu l'as emmenée faire une balade en avion, expliqua Daphné.

J'aurais dû me douter qu'ils le découvriraient. Non pas que ça me dérangeait.

— Gemma me plaît, répondis-je simplement.

Flynn, qui me connaissait sans doute mieux que quiconque à cette table, rit.

— Diego aime faire les choses à son rythme.

Le téléphone de l'auberge sonna soudain. Daphné se leva pour y répondre. Le groupe se sépara bientôt et je me retrouvai seul avec Flynn alors que je terminais mon café.

— Merci d'avoir accepté qu'Harley dorme ici, lui dis-je.

— Pas de problème, répondit Flynn. Elle fait partie de la famille au même titre que toi.

Je ris.

— Tu risques bien de regretter d'avoir dit ça quand elle sera là depuis des plombes et qu'elle refusera de partir, répondis-je en riant.

Flynn secoua la tête.

— Mais non. C'est une fille bien.

Il me scruta en silence une seconde avant de poursuivre :

— Tu sais, cet air détaché que tu te donnes ne va pas franchement avec ta personnalité.

— Qu'est-ce que tu veux dire ?

— Je sais que ton ex t'a fait souffrir en volant l'argent de tes parents, mais tu es *vraiment* fait pour avoir une famille. Et ce serait vraiment triste que tu manques ta chance à cause de ton cynisme.

Je poussai un long soupir.

— Dixit l'ancien cynique par référence. Daphné t'a vraiment adouci, dis donc.

Flynn haussa les épaules, pas le moins du monde gêné par mon commentaire.

— J'en avais peut-être besoin, qui sait. Et il est peut-être temps que tu te demandes de quoi t'as besoin aussi.

Chapitre Treize

GEMMA

Je sortis du studio de yoga après mon dernier cours de la journée, prête à rentrer pour passer un peu de temps avec Charlie. J'aimais m'occuper de lui après une longue journée. Ça me détendait. Soudain, mon tableau de bord s'illumina pour me prévenir d'un appel entrant. Le nom de mon grand frère s'afficha à l'écran.

Je répondis.

— Coucou, Neal.

— Salut sœurette. Alors, c'est comment l'Alaska ?

— Superbe. J'espère que tu pourras venir me rendre visite bientôt.

— J'y compte bien. Avant les premières neiges, j'espère.

— Alors, comment ça va ?

J'adorais mon frère. Il était malin, drôle et gentil. C'était aussi un avocat du tonnerre, spécialisé dans les affaires en lien avec l'écologie, sa grande passion.

— Ça va. Le travail m'occupe beaucoup.

— Comme d'habitude, le taquinai-je.

Bien que je ne le voyais pas, je n'eus aucun mal à l'imaginer hausser les épaules et sourire.

— J'adore mon travail, heureusement. Dis, t'as une minute pour discuter ?

— Bien sûr, je n'aurais pas répondu, sinon. Je suis en voiture, je viens de finir mon dernier cours de la journée. Je rentre pour aller m'occuper des chevaux.

— Ah, super. Je voulais te prévenir avant que tu apprennes la nouvelle de quelqu'un d'autre, m'expliqua Neal d'un air sombre.

Mon ventre se noua sous le coup de l'angoisse alors qu'un frisson gelé traversait tout mon corps.

— Qu'est-ce qui se passe ? demandai-je, tendue.

— Le procureur a fait coffrer le coach Winston. C'est tout ce dont on parle aux infos de Portland.

Mon cœur manqua un battement alors qu'une vague de nausée montait en moi.

— Quoi ?

Mes lèvres me semblaient engourdies alors que je soufflais ce simple mot.

— Il a été coffré. Et pour tout un tas de charges, en plus. Violations du règlement de l'université, agressions sexuelles sur des mineures. C'est un truc énorme. Je voulais te prévenir avant que tu l'apprennes aux infos, m'expliqua Neal avec sollicitude.

— Bordel de merde, soufflai-je.

— Je t'avais dit que mes contacts m'avaient prévenu qu'ils enquêtaient. Si tu veux en savoir plus, n'hésite pas à les appeler. Il n'a peut-être pas été arrêté pour ton affaire, mais tu pourrais quand même témoigner.

Mon frère se tut et je devinai qu'il prêtait attention à ma réaction. Mais j'ignorais comment réagir. Je pris une grande inspiration, m'efforçant d'apaiser mon angoisse.

— Tu n'es pas obligée, bien entendu, ajouta-t-il. Je voulais juste te prévenir que c'était une option. Ils demandent aux autres victimes de les contacter. Si tu as besoin d'aide, je peux contacter un avocat qui a l'habitude de ce genre d'affaires pour toi. Ça me ferait plaisir.

Le ton calme et mesuré de mon frère me fit deviner qu'il

était inquiet. Il me rappela aussi que j'étais le seul membre de ma famille pour lequel tout le monde s'inquiétait, et je détestais ça.

Je pris une autre inspiration, répondant enfin :

— J'y penserai. Je ne m'attendais vraiment pas à ça. J'avoue que j'ai du mal à y croire.

— Tu sais, c'est ce qui t'est arrivé au lycée et les plaintes que Janet et toi avez déposées qui ont mis la machine en route. Ces choses-là prennent un temps fou. Qu'est-ce que je peux faire pour toi, dis-moi ?

— Tu en fais déjà bien assez, Neal. Merci de m'avoir appelée pour me prévenir. Je réfléchirai à tout ça et j'en discuterai avec toi avant d'agir.

— D'accord. Prends ton temps et appelle-moi quand t'es prête. Bon, tu veux parler de la météo ? me taquina-t-il, en référence à une vieille plaisanterie.

Nous avions l'habitude de parler météo chaque fois que les choses devenaient tendues.

Et c'était pile ce dont j'avais besoin en ce moment.

— Il fait un temps splendide ici, aujourd'hui. Je n'ai pas encore l'habitude des longues journées.

— Le soleil se couche à quelle heure, là-bas ?

— À peu près en même temps que moi, répondis-je en riant.

Mon cœur était encore serré et j'avais la nausée, mais je n'avais aucune envie de discuter de ce que je ressentais avec mon frère à cet instant. Il me connaissait assez bien pour le savoir, de toute façon.

— Envoie-moi une photo du coucher de soleil, un de ces jours.

— Compris, dis-je en m'engageant sur l'allée de ma maison. Je suis presque chez moi donc il va falloir que j'y aille. On se rappelle bientôt, d'accord ?

— Bien sûr. Je t'aime, bisous, répondit mon frère.

— Je t'aime aussi.

Il raccrocha et la musique de la radio reprit. Je réfléchis un instant à ce que je ressentais. C'était un peu étrange. J'avais peur, et j'étais soulagée à la fois.

Je nourris les chevaux et en profitai pour me changer les idées. J'avais besoin d'apaiser les émotions qui faisaient rage en moi. Tout ça s'était passé il y avait bien longtemps, et j'avais depuis réussi à retrouver une certaine stabilité.

Le yoga me faisait du bien, tout comme passer du temps avec les chevaux, ainsi que ce nouveau départ que je m'étais offert. Mais il y avait une chose qui m'était impossible de faire : effacer le passé. Je n'avais aucune envie de fuir ce qui m'était arrivé ; je savais que cela était impossible, de toute façon. Mais il m'arrivait parfois de regretter que les choses n'aient pas été différentes.

Je n'aurais jamais imaginé que mon ancien coach de softball puisse être jugé devant un tribunal. Mais c'était apparemment le cas. Je ne pus m'empêcher de me demander s'il n'arriverait pas à s'en tirer. Il y était parvenu pendant bien des années, après tout.

J'avais tant aimé le softball et mon équipe. Mon seul réconfort dans tout ça, bien que tordu, était de savoir que je n'avais pas été la seule à être agressée. Lorsque je l'avais surpris le pantalon sur les chevilles et mon amie la tête baissée, j'avais été à la fois submergée par la colère, la honte et le soulagement. Du soulagement de m'être rendu compte que je n'étais pas la seule concernée, que je n'étais pas coupable de ce qu'il avait fait.

Mon amie et moi nous étions mis d'accord pour en parler à nos parents le soir même. Nos parents s'étaient alors retournés contre l'école et avaient appelé la police, mais cela n'avait rien donné. *Rien* du tout.

Enfin, en dehors du fait que l'école avait engagé un deuxième coach et établi de nouvelles règles pour leur interdire de se retrouver seuls avec des élèves. Il m'avait déjà été bien difficile d'avaler le fait qu'un homme en qui j'avais confiance et que j'admirais ait pu m'agresser de la sorte, mais l'absence de conséquences n'avait fait qu'ajouter à mon amertume et m'avait étouffée d'un insupportable sentiment d'impuissance.

Après ça, ma prometteuse carrière de joueuse de softball

universitaire était partie en fumée, et avec la bourse que je rêvais de décrocher. Même si je trouvais ça dingue en y repensant, j'avais essayé de rester dans l'équipe pour mon année de terminale. Jusqu'à ce que je sois blessée, après quoi j'avais été forcée de jeter l'éponge.

J'avais commencé les cours de yoga peu après, ce qui m'avait finalement permis de trouver ma voie. Mais tout du long, j'avais été poursuivie par le fantôme de ce que le coach Winston m'avait fait. Il n'était jamais allé trop loin. Ce n'était arrivé que trois fois. Si on pouvait vraiment dire « que » dans une situation pareille.

J'avais fait tout ce que je pouvais pour me comporter en adolescente normale. J'avais essayé de sortir avec des garçons, mais ça m'avait paru si compliqué. J'avais un mal fou à me détendre avec les autres. J'avais fréquenté quelques gars à la fac. Le sexe, à mes yeux, n'était qu'un simple processus mécanique.

Et voilà que toutes ces années plus tard, le coach Winston était arrêté. Après être resté un moment au lycée, il avait gravi les échelons en décrochant un travail de coach à la fac. Sans jamais être inquiété pour ses crimes. Chaque fois que les médias rapportaient ce genre d'histoires, c'est-à-dire des hommes de pouvoir qui se servaient de leur influence pour obtenir des faveurs sexuelles, je n'étais jamais franchement surprise. Même si le public semblait s'intéresser à ces crimes davantage et les décriait avec plus de ferveur, je peinais à croire qu'ils soient vraiment punis un jour.

Je caressai Charlie une dernière fois avant de rejoindre Shasta. Les deux chevaux qui étaient en pension avaient seulement besoin d'être nourris. Charlie et Shasta, de leur côté, vivaient à temps plein sur la propriété et mes propriétaires m'avaient demandé de les traiter avec le plus grand soin et de les gâter. J'adorais ça.

— Coucou Shasta, dis-je en m'arrêtant devant son box.

Il pencha la tête pour me donner un petit coup de museau dans l'épaule et je lui grattai le chanfrein avant de sortir une friandise de ma poche. Je la lui tendis et il la mangea. Il retourna mâcher son foin ensuite, et j'en profitai pour vérifier que tout était prêt pour la nuit.

— Bonne nuit, lançai-je en sortant de la grange.

Je fermai la porte derrière moi et m'arrêtai un instant, profitant de la musique de la nuit. Le vent qui faisait danser les feuilles des arbres, le chant d'un corbeau et le hululement d'une chouette en réponse. Il n'y avait pas de criquets en Alaska, ce qui m'avait surprise à mon arrivée. Je n'aurais jamais imaginé que cela puisse me manquer un jour, mais c'était pourtant le cas.

Mes bruits de pas firent crisser les graviers sous mes pieds alors que je traversais l'allée en direction de la maison. Je me remis à penser à la nouvelle que mon frère m'avait annoncée un peu plus tôt et, surprise, je constatai que j'avais plutôt le moral. Peut-être cette action en justice me permettrait-elle d'enfin tourner la page sur ce qui s'était passé, après tout.

J'allai dans la cuisine pour me préparer un thé avant de m'installer sur le canapé devant la télévision, tout en me demandant s'il serait utile que je témoigne. Je n'étais pas encore prête à prendre cette décision, mais je devais avouer que ça me tentait.

Je retournai à la cuisine pour mettre du miel dans mon thé. J'ouvris un placard, et réalisai soudain que c'était à cet endroit même que Diego m'avait fait connaître l'extase. Il avait réussi ce qui m'avait toujours semblé impossible. Il m'avait fait lâcher prise.

Chapitre Quatorze

DIEGO

— Oh bon sang, s'extasia ma sœur, la main plaquée sur le cœur. C'est succulent, Daphné.

Harley, ma sœur cadette, mangea une nouvelle bouchée du bon petit plat de Daphné. Elle avait préparé un sauté de légumes thaïlandais, légèrement épicé, avec des nouilles de riz et du poulet mariné. C'était un soir de dîner d'équipe, si bien qu'Harley arrivait pile au bon moment.

Daphné lui sourit.

— Ravie que ça te plaise. Diego est mon meilleur assistant après Cat. Tu aimes cuisiner, toi aussi ?

Harley haussa les épaules.

— Bof. Je me débrouille pas trop mal étant donné que notre mère nous a appris à tous, mais je suis loin d'être aussi douée que toi.

Je ris.

— Aucun d'entre nous n'est aussi doué que Daphné. On pense tous qu'on a eu une sacrée chance qu'elle soit tombée amoureuse de Flynn et qu'elle ait décidé de rester.

Harley les regarda tour à tour en souriant.

—Je suis vraiment heureuse pour toi, Flynn. T'as l'air un peu moins grognon que la dernière fois que je t'ai vu.

Ma sœur avait toujours été directe, peu importe avec qui.

Nora manqua de s'étouffer sur la gorgée d'eau qu'elle venait de boire. Elle avala difficilement avant de sourire à Harley.

— J'avais oublié comme tu pouvais être directe, parfois. Ça me plaît.

Ma sœur rit en glissant ses cheveux de jais derrière son oreille. Puis elle balaya la cuisine du regard.

— C'est sympa, ici. Vous étiez encore en plein travaux, la dernière fois.

— On a encore pas mal de choses à faire mais le bâtiment principal est terminé, répondit Flynn.

— Pendant combien de temps nous feras-tu le plaisir de ta présence ? intervint Nora.

Harley soupira.

— J'en sais trop rien. J'ai rompu avec Joe, et c'est vraiment tant mieux, mais ça chamboule pas mal de choses. Comme je travaille surtout en ligne, je n'ai pas besoin de rester à un endroit précis. Du coup, j'ai décidé de venir dans le coin, histoire de changer d'air et de trouver ce que je vais faire. N'hésitez pas à me le dire si je vous embête.

Elle faisait de la transcription et de la traduction pour des entreprises médicales et elle adorait ça, même si ça pouvait sembler rasoir. C'était apaisant, selon elle.

— Bien sûr que non, répondit Nora d'une voix ferme. T'es de la famille, tout comme Diego. Reste aussi longtemps que tu voudras. Ta chambre n'est plus à personne de toute façon.

— C'est quoi l'histoire avec Elias ? demanda Harley d'un air curieux.

— Il est tombé amoureeeeux, intervint Cat en nous rejoignant dans la cuisine.

Harley écarquilla les yeux.

— Elias ?

Ma sœur connaissait tous mes collègues, dont Elias, évidemment.

— Si, si, c'est vrai, dis-je en buvant une gorgée de bière.

— Bah si Elias peut tomber amoureux, toi aussi, commenta Harley en se tournant vers moi.

Je ravalai un grognement.

— Ne commence pas, tu veux ? marmonnai-je.

Nora rit, une lueur espiègle au fond des yeux.

— Diego a eu un rancard.

Je la fusillai du regard.

— T'étais vraiment obligée de lui dire ? Continue comme ça et je te renie de ma famille.

Ma sœur éclata de rire.

— Je l'interrogerai plus tard. Il faut y aller doucement.

— Bordel de merde, soupirai-je alors que Tucker se laissait tomber à côté de moi.

Il ricana.

— T'aurais dû le voir venir, poteau. Elle n'a pas arrêté d'essayer de te vendre ses copines la dernière fois qu'elle est venue.

Je fus soulagé que la conversation reprenne et que le sujet soit changé. J'avais toujours aimé ces soirées que nous passions ensemble, à traîner dans la cuisine. Même si le travail de pilote était risqué, j'adorais ce que je faisais. Après avoir servi dans l'Air Force, pouvoir traîner avec mes potes tout en sachant que ma seule inquiétude était la météo et la façon dont elle affecterait nos vols était relativement tranquille à mes yeux.

Plus tard ce soir-là, après que les uns et les autres furent partis s'installer au salon ou rentrés, Harley me raconta sa rupture difficile avec Joe, son petit copain de fac avec lequel elle était sortie plus pour des raisons pratiques qu'autre chose, pour autant que je le comprenais.

— Je n'arrive pas à y croire. Je l'ai chopé en train de baiser Janine, m'expliqua-t-elle d'un air plus agacé que franchement peiné.

— Tu veux que je lui botte le cul ? répondis-je.

Harley secoua la tête.

— Non merci, frérot. Il ne vaut pas la peine que tu gâches ton argent pour prendre l'avion jusqu'au Texas. Je lui ai jeté mes clés dessus et ça lui a éraflé le cul. J'ai pas fait exprès, mais c'était quand même marrant.

Elle leva les yeux au ciel en soupirant.

— Enfin bref, assez parlé de moi. Raconte-moi ton rancard, plutôt.

Je m'étais douté qu'elle finirait par aborder le sujet de nouveau tôt ou tard, et j'étais prêt.

— Elle s'appelle Gemma. Elle donne des cours de yoga en ville. On est sortis dîner qu'une seule fois.

Ça n'avait pas l'air de grand-chose à m'entendre, mais je n'allais pas parler à ma sœur du baiser qui m'avait chamboulé dans le parking du café de Cammi, et il était absolument hors de question que j'évoque la façon dont Gemma avec joui sur mes doigts dans sa cuisine. Je confiais beaucoup à mes sœurs, mais j'avais tout de même des limites.

— Je veux la rencontrer, annonça Harley.

— Bordel, Harley. Ce n'est pas comme si on allait se marier. On est sortis dîner. Une fois. Ne va pas te faire des idées.

Elle soupira.

— Il faut quand même bien que tu finisses par te caser. J'ai l'impression que tu as complètement tourné le dos à l'amour depuis ce qui s'est passé avec Deana.

Je me passai la main dans les cheveux en lui lançant un regard noir.

— C'est faux. Je me caserai. Quand le moment sera venu et que j'aurai trouvé la bonne personne. Mais je n'ai dîné avec Gemma qu'une seule fois. Ne précipite pas les choses.

— Et tu l'as emmenée en balade. Ce n'était pas juste un dîner.

Je ne pus m'empêcher de rire.

— Bon, oui. C'est vrai. Écoute, tu finiras bien par la rencontrer. Tu vas passer plusieurs semaines ici, non ?

Harley acquiesça.

— Oui.

— Daphné et Nora sont en train d'essayer de s'arranger pour

que Gemma vienne donner des cours ici, à l'auberge, toutes les semaines. Donc si Daphné ne te soudoie pas pour que tu nous accompagnes à ses cours en ville, tu finiras par rencontrer Gemma quand elle viendra ici.

Harley tapa dans ses mains.

— Parfait ! Il faut que je vérifie que c'est quelqu'un de bien. Il vaut mieux le savoir tout de suite si c'est une connasse qui fait genre d'être un ange.

— Bordel, marmonnai-je. Inquiète-toi pour ta propre vie amoureuse plutôt, tu veux ?

— Non, c'est bon. Les hommes, c'est fini pour moi. J'ai eu ma dose.

— Tu verras les choses autrement quand tu ne seras plus vexée comme un pou.

Harley haussa les sourcils.

— C'est l'hôpital qui se fout de la charité. Je te signale que Deana t'a juste volé du fric. Et tu n'as plus fréquenté personne depuis.

———

Elias s'appuya contre la porte de l'avion et s'essuya le front à l'aide de sa manche.

— Eh ben putain, ça en fait des croquettes pour chien.

Je ris en jetant un œil à la palette remplie de croquettes. Nous étions en train de charger mon avion pour une livraison au supermarché d'un petit village du coin.

— C'est toujours comme ça, ce genre de livraison. Des tonnes de trucs hyper lourds. C'était plus marrant d'acheminer le chien de refuge la semaine dernière, je te le dis.

Elias me sourit.

— Merci pour le coup de main, en tout cas. T'as l'air de t'être bien remis, commentai-je en pointant du doigt sa cheville.

Flynn et Elias avaient été pris dans un crash aérien mineur l'hiver dernier, lorsqu'un oiseau s'était écrasé dans l'un de leurs moteurs. En dehors de quelques côtes fêlées, Flynn en était ressorti indemne. Elias, de son côté, s'était cassé la cheville et avait été empalé par une branche. Il avait été sacrément grognon pendant quelques mois, mais il avait fini par reprendre le travail et était tombé fou amoureux de Cammi, si bien que sa vie était parfaite à ses yeux aujourd'hui.

Elias me sourit de nouveau et de petites ridules apparurent au coin de ses yeux.

— Presque complètement, oui. Même si je prédirai sûrement la météo avec cette cheville pour le restant de mes jours.

Je gloussai.

— C'est comme mon épaule, dis-je en tapotant mon épaule gauche.

Je me l'étais déboîtée au cours d'un entraînement avec l'Air Force et bien qu'elle ne me faisait plus mal depuis longtemps, ma blessure ne manquait pas de se rappeler à moi chaque fois qu'il allait pleuvoir ou neiger.

— Tu fais quoi toi, aujourd'hui ?

Elias lança un regard à la porte ouverte du hangar, à travers laquelle on apercevait un avion qui attendait déjà sur la piste.

— J'emmène des touristes en balade au-dessus des glaciers. Qui sait, on verra peut-être même quelques animaux.

Nous rîmes ensemble. On plaisantait souvent à ce sujet. Ce n'étaient pas les animaux qui manquaient en Alaska, et la grande majorité du temps lorsque nous emmenions les touristes en balade, nous en voyions à foison. Surtout des élans, parfois des ours et, le long des côtes, il arrivait que nous ayons la chance d'apercevoir un lion de mer dans les eaux peu profondes ou allongé sur un rocher. Nous croisions aussi souvent des loutres, des phoques, des puffins et des aigles. Si nous avions vraiment de la chance, nous apercevions même une baleine près de la surface, ou des orques et des bélugas.

Il arrivait parfois que nous ne voyions rien de plus que de simples mouettes, bien que cela soit rare.

— Je t'enverrai de bonnes ondes. On voit pas mal d'ours à la périphérie du port, ces temps-ci. J'en vois toujours deux ou trois quand je survole le coin. Maman ours a dû hiberner là-bas pendant l'hiver.

Elias acquiesça.

— Merci pour l'info. Je survolerai le coin sans faute.

Elias s'écarta de l'avion pour aller chercher un autre sac de croquettes sur la palette qu'il hissa sur son épaule avant d'aller le jeter à l'arrière de l'avion.

— Allez, finissons-en, histoire que tu puisses y aller.

Nous terminâmes rapidement, et Elias s'éclipsa à l'arrivée de ses clients. Quelques minutes plus tard à peine, je le suivis dans les airs.

J'adorais piloter de petits avions. On pouvait voir le monde entier de là-haut, contrairement aux grands avions commerciaux desquels on ne voyait rien d'autre que les nuages.

Voler me donnait l'impression d'être libre comme bien peu de choses. J'étais en paix dans les airs, alors que j'admirais l'océan étincelant et les montagnes au loin. Le volcan Augustine, qui régnait en maître sur le golfe de Cook, était entouré par un halo de nuages. Colossal et majestueux, c'était le décor parfait des couchers de soleil les plus beaux que j'avais pu voir de toute ma vie.

Gemma traversa mon esprit alors que je volais. J'avais pensé lui envoyer un message pour l'inviter à dîner, mais Harley s'était pointée bien plus tôt que prévu. Je me promis de lui écrire un peu plus tard, lorsque je serais rentré à Diamond Creek.

Je me mis à songer à ma petite sœur. Notre famille avait toujours été proche. Nous avions eu la chance de grandir avec deux parents qui s'aimaient profondément. Ils étaient tombés amoureux jeunes, avaient eu des enfants et s'étaient aimés jusqu'à la fin de leurs jours. J'avais toujours pensé que j'aurais une vie semblable à la leur, jusqu'à ce que Deana me brise le cœur.

J'arrivais à prendre un peu plus de recul vis-à-vis de ce qu'il s'était passé aujourd'hui. J'étais trop jeune à l'époque, de toute façon. Dire que j'avais demandé à cette fille de m'épouser alors que je venais de m'engager dans l'Air Force. Deana était la meilleure amie de ma plus jeune sœur, Laura. Alors forcément, je lui faisais confiance. Juste après qu'elle eut décroché son diplôme de comptabilité, mes parents l'avaient engagée dans l'entreprise de mon père. Il travaillait dans le bâtiment depuis des années à l'époque, et gérait une entreprise florissante. Deana avait détourné un sacré paquet de billets, et ils avaient dû se serrer la ceinture pour joindre les deux bouts ensuite, tellement que ma mère avait dû se trouver un travail de femme de ménage pour compenser la différence.

Bien que ça ne me plaisait pas d'admettre qu'Harley avait raison à mon sujet, c'était pourtant le cas. J'avais évité les relations sérieuses après ma rupture avec Deana. Assez bizarrement, ce que Deana m'avait fait me semblait bien plus personnel qu'une simple tromperie. Peut-être parce qu'elle avait dû prévoir son coup minutieusement, et qu'elle avait fait ça pendant longtemps. Ce n'était pas une erreur commise sous le coup d'une impulsion. Sans oublier que j'avais toujours ressenti un puissant besoin protecteur envers mes parents.

Je m'efforçai de bannir Deana de mes pensées. Je n'avais aucune envie de ressasser le passé. Je préférais de loin penser à Gemma. Elle s'était d'ailleurs déjà fait une place de choix dans mon esprit. Elle était en train de redécorer mon cerveau et ne semblait pas avoir la moindre intention de le quitter avant un moment. J'avais souvent repassé notre étreinte dans sa cuisine dans mon esprit. Peut-être même plus de fois que je voudrais l'admettre. Gemma m'attirait comme un aimant, qu'elle soit proche ou loin de moi.

Chapitre Quinze

GEMMA

— Et voilà la salle commune, me dit Daphné en écartant les bras dans le grand espace ouvert.

Je me tournai lentement.

— C'est magnifique, dis-je.

C'était la toute première fois que je visitais l'auberge. Bien qu'on avait l'impression d'être au milieu de la nature, Walker Adventures n'était en fait qu'à quelques kilomètres de Diamond Creek. L'auberge était un grand bâtiment octogonal à plusieurs étages, le premier très ouvert avec des fenêtres de tous les côtés, qui offrait une vue imprenable sur les champs de fleurs caressées par le soleil de fin d'après-midi et les arbres verdoyants en fond, juste devant les montagnes et la baie.

— Ouais, hein ? commenta Daphné en se tournant vers moi. J'ai vraiment de la chance de vivre ici pour pouvoir voir ça tous les jours.

Je souris.

— Tu m'étonnes.

— On se disait que tu pourrais donner tes cours de yoga à l'étage. Suis-moi, dit Daphné en hochant la tête en direction de l'escalier.

Bien que la salle commune était ouverte, elle était composée de divers endroits où s'asseoir pour se détendre et discuter. Un grand écran plat était monté au mur dans un coin, juste devant un canapé gigantesque. Il y avait aussi un coin lecture avec des fauteuils confortables et une bibliothèque. Ailleurs, un petit canapé et d'autres fauteuils encore avaient été installés devant un poêle à bois.

— On a une superbe pièce en haut qui me semble être de taille parfaite pour tes cours, m'expliqua Daphné en se dirigeant vers l'escalier en colimaçon.

Je la suivis à l'étage, dans un couloir qui rappelait celui d'un hôtel avec des portes de chaque côté. Daphné se tourna vers moi.

— C'est surtout des chambres pour les clients ici, mais on a une autre salle communautaire à cet étage.

Je la suivis au bout du couloir, dans une pièce dont les fenêtres donnaient sur la forêt. Elle était vide et nos bruits de pas résonnèrent sur son parquet.

— Tu crois que c'est assez grand ? demanda-t-elle.

— Assez pour une dizaine d'élèves. Je pense que ça devrait suffire. Vous avez beaucoup de clients ?

— On peut en avoir jusqu'à trente à la fois, mais je pense que tu as raison en tablant sur une dizaine d'élèves. D'autant que la moitié de nos clients sont des hommes, le plus souvent.

Je ris.

— Des tas de types font du yoga. T'as bien réussi à convaincre les pilotes de l'auberge à venir aux miens.

— En parlant de ça, on se disait que ce serait bien de prévoir un cours pour les clients et un autre pour les employés. On viendrait toujours à tes cours en ville bien sûr, donc tu n'y perdrais pas en affaire. Et bien sûr, tu serais payée pour donner des cours ici.

— Ça me va. Je donne uniquement des cours jusqu'à midi le mercredi comme le studio est réservé l'après-midi. Je pourrais venir à ce moment-là. Enfin, si ça vous va, bien sûr.

— Parfait. Quand est-ce que tu commences ? demanda Daphné en tapant dans ses mains.

— La semaine prochaine, si tu veux. On pourrait commencer avec le cours des employés, et si on a assez d'inscrits parmi les clients, on enchaînera direct. Comme on est dimanche, ça nous laisse trois jours.

— Top. Bon, maintenant que c'est réglé, tu dînes avec nous ?

— Comme si je pouvais refuser tes bons petits plats, répondis-je en souriant.

Daphné rougit.

— Tu me flattes. Allez, descendons. Je vais te faire voir la cuisine.

Quelques minutes plus tard, Daphné me faisait visiter la cuisine ; industrielle et de toute évidence conçue pour servir les clients, elle était chaleureuse et agréable. On y trouvait un grand îlot entouré de tabourets, ainsi qu'une longue table près des fenêtres qui donnaient sur les champs et montagnes.

— C'est dîner des employés ce soir, expliqua-t-elle en jetant un œil à ce que Cat préparait sur le feu.

Cat était la petite sœur de Flynn et elle lui ressemblait à un point tel que c'en était adorable. Bien qu'elle était beaucoup plus petite que lui, elle avait ses profonds yeux bleus et ses cheveux blond cendré, ainsi qu'une version plus féminine de ses traits affirmés.

— T'en penses quoi ? demanda Cat en regardant ce qu'elle préparait avec Daphné.

— C'est bien, répondit Daphné, encourageante. Continue jusqu'à ce que ça caramélise, et fais attention à la température de ta poêle.

— Qu'est-ce que tu prépares ? demandai-je.

Cat leva la tête et sa queue de cheval rebondit.

— Porc laqué, riz et épinards. C'est la première fois que j'essaie cette recette.

Daphné sourit.

— Tu es bien meilleure cuisinière que tu ne le penses. Arrête donc de te faire autant de soucis. Ce n'est qu'en essayant qu'on apprend de nouvelles choses.

— Et puis, tu as Daphné pour prof. La rumeur dit que tout ce qu'elle prépare est succulent, intervins-je.

— Ça, c'est bien vrai, s'exclama Tucker en entrant de la cuisine.

Comme les autres pilotes de Walker Adventures, j'avais rencontré Tucker lorsque Daphné l'avait traîné à mes cours de yoga. Je lui souris.

— Salut, Tucker. Comment ça va ?

Il haussa les sourcils en m'apercevant.

— Oh, notre prof de yoga. Tu vas nous donner un cours avant le dîner ?

Je ris.

— Non.

J'étais soulagée que d'autres personnes nous rejoignent. Diego m'avait envoyé un message pour me prévenir que sa sœur était arrivée plus tôt que prévu. Je m'efforçais de ne pas y penser, de me dire que rencontrer sa sœur n'avait pas la moindre importance puisque nous n'étions pas ensemble, de toute façon. Malgré tout, mon ventre bondissait sous le coup de l'angoisse chaque fois que j'y pensais. J'avais bien besoin de penser à autre chose.

— Sois sage, intervint Daphné. Gemma va dîner avec nous et elle a accepté de venir donner des cours aux employés une fois par semaine. T'as intérêt à venir.

Tucker se laissa tomber sur un tabouret à l'îlot de cuisine alors que Daphné râpait du fromage.

— Bien madame, répondit-il d'un faux air solennel.

Puis il se tourna vers moi.

— On obéit à Daphné au doigt et à l'œil. On ne voudrait pas risquer qu'elle arrête de nous nourrir sous prétexte qu'on l'a vexée.

Daphné leva les yeux au ciel alors que Nora entrait dans la cuisine.

— Coucou Gemma, me salua-t-elle avant de disparaître derrière une porte au fond de la cuisine.

Sans doute un garde-manger, à en juger par les étagères que j'apercevais contre le mur. Elle réapparut un moment plus tard avec une bouteille de vin et des verres.

— Qui veut du vin ? demanda-t-elle en se postant au plan de travail où Daphné travaillait.

— Je veux bien, répondit Daphné. Je ne refuse jamais un bon verre.

— Et toi ?

Nora se tourna vers moi. Je secouai la tête.

— Non merci, je conduis.

La cuisine se remplit doucement au fil de la demi-heure qui suivit, alors que les employés rentraient après le travail. Je pris place sur un tabouret au bout du comptoir, écoutant les conversations avec amusement. Je n'eus même pas besoin de le voir pour savoir que Diego était arrivé. Mes cheveux se dressèrent sur ma nuque alors qu'une vague de chaleur me submergeait.

Je ne pus m'empêcher de me tourner vers l'arche qui menait à la cuisine. Ses boucles sombres étaient ébouriffées sur sa peau hâlée. Mon regard s'attarda sur lui alors qu'il traversait la pièce. Il discutait avec Flynn, qui était lui aussi très beau, mais il était loin d'avoir le même effet sur moi que Diego. Heureusement d'ailleurs, puisque ce dernier était déjà casé avec Daphné.

Je profitai que Diego soit occupé pour admirer ses muscles. Il portait un T-shirt noir usé et je ne pus m'empêcher de me demander de quoi il avait l'air en dessous. Rah ! J'étais complètement accro. Lorsqu'il se détourna de Flynn, le regard de Diego trouva le mien immédiatement, comme s'il avait perçu ma présence.

L'espace d'un instant, j'eus l'impression d'être foudroyée sur place alors que des étincelles volaient dans les airs.

Bon sang. Il aurait fallu que ce type se balade avec un panneau d'avertissement. « Danger, risque d'explosion » ou un truc du genre.

Daphné me dit quelque chose et j'arrachai mon regard à celui de Diego.

— Pardon ? demandai-je, troublée.

— Je voulais savoir si tu en voulais.

Elle me montra une sorte de petit pain qu'elle venait de sortir du four.

— Avec plaisir. Je ne sais même pas ce que c'est mais ça me tente.

Daphné sourit, une lueur au fond des yeux.

— Petits pains fourrés au brie et prosciutto.

Elle pouffa en haussant un sourcil.

— Et tu m'aurais entendue t'en proposer la première fois si tu n'avais pas été occupée à dévorer Diego du regard.

Mes joues s'embrasèrent lorsque l'homme en question se posta à côté de moi.

— J'en veux bien un, dit-il.

Daphné nous servit, après quoi Diego se tourna vers moi.

— Ravi de te voir ici.

— Coucou, murmurai-je.

— Juste pour info, ma sœur ne va pas tarder et elle veut te rencontrer.

Chapitre Seize

DIEGO

Gemma écarquilla les yeux en reposant le petit pain qu'elle tenait et dans lequel elle avait été sur le point de mordre.

— Bientôt ?

J'acquiesçai, ravalant un éclat de rire. Je ne pouvais que comprendre son angoisse, sachant que rencontrer ma sœur lui ferait sûrement l'effet de passer sous un train. Elle était inarrêtable, et Gemma était sur le point de le découvrir.

— Je t'avais dit qu'elle était arrivée.

Gemma acquiesça en mordant dans son petit pain, puis elle ferma les yeux en mâchant. Je fus incapable de détacher mon regard de ses lèvres charnues alors qu'elles se mouvaient. Son petit gémissement de satisfaction n'aidait pas franchement non plus.

Elle avala en ouvrant les yeux.

— Daphné est vraiment une envoyée de dieu, dit-elle avec révérence.

Je ris.

— Je suis bien d'accord. Maintenant tu comprends pourquoi on est tous si contents que Flynn et elle se soient mis ensemble. Et on lui mettra la misère s'il ose rompre avec elle.

Je mangeai un bout de petit pain, savourant les arômes qui me submergeaient.

— Bordel, soufflai-je. C'est que des petits pains mais ce que c'est bon.

Gemma rit en posant les coudes sur la table.

— C'est bien vrai. Alors, où elle est, ta sœur ?

Je lançai un regard à l'horloge au-dessus de la cuisinière.

— Elle est allée en ville avec Nora tout à l'heure, mais Nora est rentrée, donc Harley ne devrait pas tarder non plus.

— Il faut que je m'inquiète ?

— Pas du tout. J'ai quatre sœurs et chacune a sa propre opinion sur ma vie. Ces derniers temps, Harley fait tout ce qu'elle peut pour me caser avec une femme.

Les joues de Gemma s'embrasèrent.

— Elle veut que tu te cases ?

Je haussai les épaules.

— Oui.

— Ta famille ne serait pas un peu vieux jeu ? me demanda-t-elle entre deux bouchées.

Tucker vint nous rejoindre à ce moment, ayant entendu la question de Gemma.

— Si par « vieux jeu », tu veux dire qu'ils s'attendent à ce que tout le monde trouve son âme sœur et vive avec elle jusqu'à la fin de ses jours alors oui, la famille de Diego est comme ça.

Il me donna une tape dans le dos avant de voler un petit pain dans mon assiette et de s'éloigner après m'avoir lancé un clin d'œil.

Je levai les yeux au ciel.

— Tu m'en dois un, appelai-je après lui.

Tucker se tourna, les sourcils froncés.

— Je te dois un quoi ?

— Un petit pain. Ils sont délicieux.

Daphné passa entre nous à ce moment-là, se précipitant vers le four pour en sortir une autre fournée. Sans un mot, elle en ajouta deux à mon assiette avant de lancer un sourire taquin à Tucker.

— Merci, Daphné.

Mais cette dernière était déjà retournée s'affairer en cuisine.

— Elle est douée pour gérer la cuisine et tout ce petit monde, dis donc, commenta Gemma.

— Elle est bien organisée. C'est elle qui s'occupe de tous les repas de la journée et elle adore la cuisine. Cat l'aide beaucoup. Moi aussi, quand j'ai le temps.

Gemma écarquilla les yeux.

— Sérieux ?

— Oh que oui, intervint la voix de ma sœur par-dessus mon épaule.

Elle vint nous rejoindre, et Harley releva le menton d'un air agacé, comme si elle était vexée que Gemma doute de mes talents de cuisinier.

— Diego cuisine très bien.

— Voici ma sœur, Harley, intervins-je. Harley, voici Gemma. Elle va donner des cours de yoga à l'auberge toutes les semaines. Enfin, c'est ce que j'ai entendu dire.

Je me tournai vers Gemma qui acquiesça.

— Pour commencer, oui. Ravie de te rencontrer.

— Moi aussi, répondit Harley, dont le sourire n'était pourtant pas très chaleureux.

Ah, ma chère sœur. D'un côté, elle n'arrêtait pas de me dire qu'il fallait que je me case et de l'autre, elle voulait avoir la main mise sur le choix de l'heureuse élue. Elle était tout simplement impossible.

— En parlant de ça, je commence la semaine prochaine, un soir par semaine. On verra ce que ça donne. Daphné veut que je donne deux cours, un pour les employés et un pour les clients. À voir s'il y a assez de monde pour que ça vaille le coup.

Harley scruta Gemma de ses yeux verts plissés.

— Ça devrait, si tes cours sont bien.

Gemma se tourna vers elle, impassible.

— J'aime à penser que je donne de bons cours, mais je ne sais pas si les clients seront intéressés. Tout dépend de ce qu'ils recherchent.

Harley acquiesça.

— J'imagine, oui.

— Tu vas rester longtemps ? demanda Gemma poliment.

— Au moins trois semaines. Il faudra bien que je décide quoi faire ensuite. J'ai largué mon copain. J'avais besoin d'un point de chute pour réfléchir un peu.

— Oh, désolée de l'apprendre, répondit Gemma en fronçant les sourcils d'un air inquiet.

— Pas besoin d'être désolée. Je l'ai trouvé en train de baiser avec ma coloc, expliqua Harley d'une voix sèche. Ce qui a créé deux problèmes. Il a fallu que je le largue et que je lâche mon appart en plus. Heureusement, Diego m'a proposé sa chambre d'ami donc j'ai un endroit où vivre en attendant que je décide ce que je veux faire.

— Tu fais quoi comme travail ?

— De la transcription et de la traduction pour des entreprises médicales. Ça a l'air un peu rasoir dit comme ça, mais j'aime plutôt ça. Mon emploi du temps est flexible, au moins.

— C'est super, répondit Gemma. Donc tu vas pouvoir travailler d'ici ?

Harley acquiesça.

— Oui. J'ai deux projets à rendre.

Nora approcha et s'arrêta à nos côtés.

— Daphné t'a fait faire le tour du propriétaire ? demanda-t-elle à Gemma.

Elle acquiesça.

— Oui. On a prévu que je vienne un soir par semaine, et on avisera ensuite. Elle m'a proposé de donner deux cours à la suite et je pense que c'est une bonne idée. Ça rentabilise mon trajet jusqu'ici, comme ça.

Nora sourit.

— Je suis sûre que ça va marcher. J'ai déjà discuté avec nos clients, ils m'ont tous dit qu'ils viendraient à ton cours avant d'aller manger.

Gemma se mit à discuter avec Nora, laissant à Harley l'opportunité de me faire part de ses observations, elle qui ne se privait jamais de donner son avis sur tout.

— Gemma a l'air sympa.

Je remerciai le ciel en silence qu'elle ne parle pas trop fort.

— Mais elle *est* sympa, Harley. Ne lui prends pas la tête. On a dîné ensemble une seule fois.

Ma sœur le savait déjà mais il me semblait important de le lui rappeler.

Harley poussa un long soupir.

— Je ne vais pas lui prendre la tête. J'avoue que je suis curieuse que tu sois sorti avec une femme, mais je ne vais pas insister. Même si je pense sincèrement que tu devrais te demander pourquoi tu t'intéresses enfin assez à quelqu'un pour briser tes propres règles à la con.

Gabriel se joignit à la conversation en se tournant sur son tabouret non loin de là.

— Des règles ?

Gemma choisit ce moment malheureux pour venir nous rejoindre.

— Ouais, répondit Harley.

— J'ignorais que Diego avait des règles. Je suis curieux d'en savoir plus, s'esclaffa Gabriel, une lueur espiègle au fond du regard.

— Je ne vois pas du tout de quoi vous parlez, répondis-je d'un ton détaché.

Harley, qui n'hésitait jamais à donner des informations sur ma vie privée, poursuivit :

— Diego a décidé qu'il ne sortirait plus jamais avec personne depuis qu'il a largué son ex-fiancée. C'est tout. C'est comme ça depuis des années, expliqua-t-elle en haussant les épaules.

— C'est sérieux ? s'enquit Gabriel, interloqué.

Je secouai la tête en mangeant un autre petit pain. J'avais

bien besoin de quelque chose pour me changer les idées et éviter d'avoir à répondre.

Harley leva les yeux au ciel.

— Ça dure depuis tellement longtemps que c'est quasiment officiel.

— Oh mais bordel, je n'ai aucune règle, m'agaçai-je après avoir avalé.

— C'est vrai que tu ne sors jamais avec aucune femme en théorie, intervint Tucker en apparaissant de l'autre côté du comptoir.

Il prit un petit pain sur le plateau que Daphné avait laissé sur la cuisinière et le fourra dans sa bouche en souriant.

Je regardai mes amis tour à tour avant de lancer un coup d'œil à Gemma. Il y avait une lueur au fond de ses yeux, et elle avait un petit sourire aux lèvres. Je me détendis légèrement. Bon, elle devait s'être rendu compte que mes amis et ma sœur me cherchaient simplement des noises. Enfin, peut-être pas ma sœur. Elle avait toujours des intentions cachées pour tout.

— Je ne me suis jamais fixé aucune règle, et j'apprécierais qu'on arrête de faire mon procès, dis-je d'une voix ferme.

Je fus heureusement sauvé par le gong lorsque Cat annonça que le dîner était prêt. Nous allâmes nous installer à la longue table près des fenêtres, Gemma à côté de moi. J'ignorais pourquoi, mais j'étais certain qu'il s'agissait d'un coup de ma sœur. Elle avait une odeur de fraise, et je me demandai pourquoi, même si j'étais surtout heureux qu'elle soit à côté de moi.

Nous profitâmes du dîner tous ensemble. J'adorais être ici. Bien que notre groupe pouvait paraître un peu étrange vu de l'extérieur, nous formions une famille.

Plus tard ce soir-là, une partie du groupe décida de se rendre en ville pour assister à un concert au Sally's, l'un des bars préférés des locaux. Je n'avais aucune envie d'y aller, mais je n'avais aussi aucune envie de me séparer de Gemma.

Chapitre Dix-Sept

GEMMA

— Tes amis sont super, commentai-je, ma voix presque inaudible dans le vacarme des conversations alentour.

Le Sally's était bondé ce soir, comme tous les soirs, d'ailleurs. Installé dans une vieille grange rénovée, le bar était séparé en deux, le restaurant et sa cuisine au centre faisant office de séparation entre les deux espaces principaux. Il y avait une petite scène d'un côté pour les concerts, et des tables rondes étaient disséminées à travers l'espace. D'autres tables encore avaient été installées à l'étage. La décoration, quant à elle, était typique d'un bar de campagne.

Je n'avais pas franchement eu envie de venir au Sally's, mais Diego m'y avait invitée, ainsi que Nora et plusieurs autres employés de l'auberge. Diego me sourit.

— C'est vrai. Même s'ils peuvent être un peu prise de tête avec leurs opinions, parfois.

— J'imagine que quand on est aussi proches, tout le monde a un avis sur tout.

Diego haussa les épaules.

— C'est bien vrai. Je suis le premier à mettre mon nez dans leurs affaires.

— Alors dis-moi, c'était quoi cette histoire de règles dont

parlait Harley ? demandai-je, incapable de me retenir plus longtemps.

J'étais curieuse, bien plus que je ne l'aurais voulu. J'aimais à croire que j'étais quelqu'un de raisonné, mais Diego me chamboulait complètement.

Il leva les yeux au ciel.

— En gros, je me suis fiancé quand j'étais trop jeune et naïf. Deana était la meilleure amie de l'une de mes sœurs. Pas Harley, une autre, Laura. Après la fac, mes parents l'ont engagée pour qu'elle gère leurs comptes. Elle a détourné un paquet d'argent et j'ai rompu avec elle. C'est à peu près tout. Pour être honnête, je ne pense pas que ça aurait tenu de toute façon, nous deux. On était trop jeunes.

— C'est vraiment horrible qu'elle les ait escroqués, répondis-je.

Il haussa les épaules.

— Oui, mais ils ont su se relever. Ma famille est un peu spéciale, tu sais. Grandir avec eux m'a fait croire que je devais me caser aussi vite que possible. On était très proches. Mes parents se sont mariés juste après le lycée. C'était l'un de ces couples chanceux. Ils sont restés amoureux jusqu'au bout.

— C'est très beau, commentai-je.

— Effectivement.

Diego se tut un moment avant de se redresser.

— C'est sûrement pour ça que j'ai demandé Deana en mariage. Mais je ne crois pas que tout le monde puisse avoir la même chose à un si jeune âge. J'étais dans l'armée quand j'ai appris pour le détournement. Et Harley s'est mis dans la tête que je refuserais d'accorder ma confiance à quiconque après ça. Je ne vois pas les choses comme ça, pourtant.

Je réfléchis à ce qu'il me disait un instant en buvant une gorgée d'eau.

— C'était un rancard, notre dîner ?

Je n'avais pas eu l'intention de me montrer si directe, mais la question me brûlait les lèvres.

Le regard intense de Diego trouva le mien.

— Oui, Gemma. C'était un rancard. Pourquoi, tu pensais que c'était quoi ?

Nous nous trouvions dans un bar, avec de la musique en fond et du monde tout autour de nous. Et pourtant, j'avais soudain l'impression que nous étions seuls, tous les deux. Des étincelles volaient entre nous, et je peinais soudain à reprendre mon souffle.

Je déglutis.

— Je pensais que c'était un rancard.

Il se pencha, les coudes posés sur la table pour se rapprocher de moi. Sa virilité imprégnait l'air, sa présence était puissante. Rah ! Ce que j'avais envie de m'asseoir sur ses genoux pour l'embrasser ! Je brûlais d'envie de sentir ses mains puissantes sur mon corps.

— Tant mieux. Parce que ça l'était, répondit-il d'une voix rauque.

Le son de sa voix affola tous mes sens, faisant virevolter des papillons dans mon ventre. Il m'observa un moment avant d'ajouter :

— Je n'avais pas vraiment envie de venir ici.

Une vague de déception me submergea, semblable à un seau d'eau gelée sur les flammes qui brûlaient en moi.

— Ah, dis-je en m'écartant. Tu n'avais pas à te forcer pour moi.

Il posa sa main sur la mienne, sur la table, son contact chaud et rassurant.

— C'est pour toi que je suis venu. J'avais besoin d'une excuse pour passer encore un peu de temps avec toi.

Un sentiment de joie fit bondir mon ventre. Je peinais à reprendre mon souffle alors que j'en aurais bien eu besoin.

— Oh.

— On peut rester ici si tu veux, bien sûr. Sinon, je serais ravi de m'assurer que tu rentres bien.

Je doutais sincèrement que Diego me raccompagne chez moi

et me salue d'un geste de la main depuis l'allée. Une vague de
désir me traversa, mon cœur battant à tout rompre.

Je déglutis.

— Maintenant ?

— Quand tu en auras envie.

Chapitre Dix-Huit

GEMMA

Mes mains tremblaient presque, mais pas de nervosité. Plutôt de l'anticipation qui vibrait dans mes veines. Le commentaire de Diego, *quand tu en auras envie*, n'avait de cesse de résonner dans mon esprit. Je ne m'étais pas rendu compte combien j'en avais envie avant ce soir.

Pour la toute première fois, mon esprit logique ne se mettait pas en travers de ma route. Chaque fois que je sortais avec un homme et que notre relation finissait par devenir physique, mon esprit avait le don de me mettre des bâtons dans les roues ; tout et n'importe quoi pour me faire trébucher. Juste assez pour m'embrouiller l'esprit et me faire oublier mon plaisir.

Profiter de l'instant et d'une relation intime avec un homme m'avait semblé être quelque chose que je ne connaîtrais jamais. En-dehors d'avoir fait du bien à mon corps après ma blessure, le yoga m'avait offert un espace où j'avais pu apprendre à profiter des sensations physiques. C'était un cadeau. J'avais pourtant fini par abandonner l'idée de me perdre dans les sensations lorsque le désir faisait partie de l'équation.

Le désir m'était étranger. J'étais bien sortie avec quelques garçons à l'université, et je n'avais rien d'une prude. Pourtant, j'étais toujours profondément déçue lorsque j'allais au bout des choses.

Mais le souvenir de mon étreinte avec Diego sur le plan de travail de la cuisine me laissait à penser que cette fois, je pourrais bien aller jusqu'au bout sans être déçue.

Découvrir que Diego avait ses propres réserves quant aux relations amoureuses m'avait soulagée. Parce que je n'étais pas prête à m'investir d'un point de vue émotionnel. Si on se contentait de se faire du bien sans se prendre la tête, sans s'inquiéter du reste, je pourrais peut-être découvrir un paradis que je n'aurais jamais imaginé par le passé.

Diego ferma la porte de chez moi et il se tint là, une main dans la poche et l'autre plaquée contre la porte derrière lui. Il m'avait suivie jusque chez moi dans son pick-up. Il portait la même veste en cuir que lorsque je l'avais vu sur sa moto la première fois. Et apparemment, les vestes en cuir me faisaient un sacré effet.

Je restai plantée là, un frisson électrique me donnant la chair de poule. L'air était lourd, tout à coup, chargé d'étincelles. Nous nous fixâmes en silence, comme reliés par un fil invisible qui vibrait en rythme avec le désir qui pulsait entre nous.

Le silence fut interrompu par le hennissement d'un cheval, au loin. Diego haussa les sourcils.

— Ils sont toujours contents de te voir comme ça ?

Je souris.

— Toujours, oui. D'autant plus quand je dois leur donner leur foin du soir.

— Je vais te donner un coup de main, répondit-il en s'écartant de la porte qu'il ouvrit de nouveau.

Je posai mon sac à main sur la tablette de l'entrée avant de sortir, la présence de Diego enivrante à mes côtés à chaque pas. Les gravillons de l'allée crissaient sous nos pieds. Je portais une jupe, ainsi qu'un chemisier et des bottes de cowboy.

Je prenais normalement le temps de me changer avant d'aller m'occuper des chevaux, mais il était tard.

Nous entrâmes dans la grange et les quatre chevaux sortirent la tête de leur box pour nous regarder. Charlie hennit doucement alors que nous passions devant lui. Diego salua chacun des chevaux avec un bonjour murmuré et quelques caresses, ce qui ne fit qu'ajouter à mon désir, attendrie de le voir faire preuve de tant de gentillesse envers les chevaux.

Il m'aida à jeter du foin dans leur box, après quoi j'allai vérifier que les boîtes de céréales étaient bien fermées dans la pièce où elles étaient rangées. Les écureuils y avaient mis un sacré bazar pendant la nuit, quelques jours plus tôt. Je vérifiai chaque boîte et découvris un couvercle mal fermé.

Lorsque je me tournai, je trouvai Diego posté à côté de la porte. Il avait un bras au-dessus de la tête, la main posée contre le cadre. Son T-shirt était légèrement relevé, et mon regard se posa sur l'étendue de peau hâlée que j'apercevais juste au-dessus de la ceinture de son jean. J'en avais l'eau à la bouche. Bon sang, ce que j'aurais aimé faire courir ma langue sur sa peau pour le goûter.

Même si l'été s'installait doucement, il faisait encore froid ici, en Alaska. Pourtant, l'air me sembla soudain étouffant alors qu'il réchauffait ma peau.

En parlant d'air, je peinais à reprendre mon souffle, tout à coup. Nous n'étions peut-être qu'à deux mètres l'un de l'autre et pourtant, j'ignorais comment me rapprocher de lui en dépit du fait que c'était tout ce dont je rêvais.

Mais Diego, qui semblait toujours savoir ce dont j'avais besoin et quand j'en avais besoin, se redressa pour me prendre la main. Il m'attira contre lui avant de se tourner pour me presser contre le mur, ses lèvres à quelques centimètres des miennes.

Mon cœur battait à tout rompre dans ma poitrine, la moindre de mes cellules vibrant de désir. Je haletai.

— Dis-moi, ma belle, est-ce qu'il faut que j'attende encore avant de t'embrasser ?

Je secouai la tête aussitôt. Je ne pouvais pas attendre une seconde de plus.

Diego rugit avant de capturer mes lèvres ; à peine une caresse, peut être un test. Un petit gémissement m'échappa. Ses lèvres effleurèrent les miennes de nouveau, embrasant tout mon corps. Impatiente, je me cambrai contre lui, posant la main sur sa nuque. Ses lèvres, taquines, s'emparèrent alors de mes lèvres.

Il m'embrassa avec autorité, une main posée sur ma joue alors que son pouce effleurait ma mâchoire. Diego pencha la tête sur le côté avant d'approfondir notre baiser. Sa langue caressa la mienne, m'enivrant de son goût.

Lorsqu'il s'écarta enfin pour reprendre son souffle, mon corps brûlait de désir, embrouillant mon esprit. J'avais besoin de plus ; de plus de Diego, de plus de ces sensations qu'il faisait déferler en moi.

Nous nous fixâmes dans l'éclairage tamisé de la pièce. Les ombres qui tombaient sur son visage faisaient ressortir ses traits forts et sa mâchoire ciselée.

Impatiente, je jouai des hanches contre lui. Nos corps s'imbriquaient si bien ensemble, son désir niché entre mes cuisses. Je pouvais sentir qu'il était chaud comme un fer rouge. Je pouvais aussi sentir l'humidité de mon propre désir, et entendre mes battements de cœur affolés dans mes oreilles.

Le regard de Diego chercha le mien.

— Gemma, je brûle d'envie de te baiser contre ce mur, mais il serait peut-être mieux que notre première fois soit un peu plus confortable.

Je secouai la tête. Parce que pour être honnête, l'idée qu'il m'enivre de plaisir en me prenant contre ce mur m'excitait terriblement. Je n'avais pas non plus envie de laisser le temps à mon anxiété de prendre le dessus. Je n'avais aucune envie de me déconcentrer et de me mettre à passer en revue ma liste de choses à faire en attendant, impatiente, qu'il ait enfin terminé.

— On ne va nulle part, murmurai-je.

Puis je me hissai sur la pointe des pieds et je tirai sur sa veste pour le ramener contre mes lèvres.

Un baiser affriolant plus tard, il leva la tête.

— Bordel, Gemma, tu me rends dingue.

Mon corps était ivre des sensations qu'il évoquait en moi et je glissai la main sous son T-shirt pour caresser sa peau chaude. Il haleta et je vis un sourire traverser ses lèvres dans l'éclairage tamisé.

— Gemma, murmura-t-il alors que je me frottais contre son désir. C'est...

Je relevai son T-shirt davantage et me penchai pour déposer une volée de baisers sur son torse. Je l'entendis jurer en silence, après quoi je le sentis glisser les mains sous mon chemisier. Je gémis en sentant ses mains calleuses sur ma peau. Chacune de ses caresses ouvrait la voie à de nouvelles expériences sensuelles.

Puis il ouvrit mon chemisier et il baissa mon soutien-gorge. Mes seins s'en échappèrent soudainement. Un rugissement sur les lèvres, il pencha la tête pour glisser l'un de mes tétons tendus dans sa bouche. Je criai aussitôt, pressée contre le mur en bois dans mon dos.

J'ouvris les yeux. J'avais besoin de plus. Je voulais le sentir en moi.

Je pouvais sentir son sexe dur contre ma cuisse et je glissai la main entre nous pour abaisser sa braguette.

Il plaqua sa main sur la mienne aussitôt pour m'arrêter.

— Ralentis, dit-il d'une voix rauque et apaisante.

Il ne se doutait pas combien j'avais besoin de lui. Combien j'avais besoin que ce soit sauvage, rapide et frénétique.

— Je n'ai pas envie de ralentir, murmurai-je.

Son regard chercha le mien. Nous ne dîmes plus un mot mais il sembla comprendre ce dont j'avais besoin. Il lâcha ma main et je la glissai dans son boxer, enroulant mes doigts autour de son manche ardent. Je savourai son gémissement de plaisir, la façon dont il haletait.

— Bordel, Gemma, tu me tues.

Ivre d'envie, je baissai son jean pour pouvoir en libérer sa queue tandis que lui relevait ma jupe. Il fit courir sa paume sur ma cuisse avant de l'écarter. Cette simple caresse était séductrice, enivrante. Je brûlais d'envie.

Diego, qui me semblait bien plus préparé que moi, tira son portefeuille de sa poche arrière pour en sortir un préservatif qu'il glissa sur son manche. Puis il écarta ma culotte et poussa un rugissement de satisfaction en trouvant ma féminité chaude et trempée. J'étais *prête*, plus que je ne l'avais jamais été de toute ma vie.

Il fit courir ses doigts le long de ma fente et je crus défaillir lorsqu'il les porta à ses lèvres pour les lécher sans me jamais me quitter du regard.

— Tu as aussi bon goût que je le pensais, murmura-t-il.

Puis il se pencha et captura mes lèvres dans un baiser passionné.

Il pressa sa queue contre mon sexe alors que sa langue caressait la mienne. J'étais déjà au bord de l'extase, mais ce n'était pas encore assez. Je voulais le sentir en moi. Mes hanches tremblaient contre lui et je poussai un gémissement d'envie contre sa bouche.

Il leva la tête et glissa l'une de mes jambes autour de ses hanches.

— Je ne vais pas y aller doucement, ma belle.

Un rire rauque suivit et je crus fondre sur place.

— Je m'en fous, murmurai-je.

Et c'était vrai. Je n'avais pas envie qu'il y aille doucement ; je voulais qu'il m'emplisse, me fasse sienne, qu'il me rende folle de plaisir.

Il me souleva en m'appuyant contre le mur. Je sentis son gland ardent contre mon sexe, juste avant qu'il plonge en moi jusqu'à la garde.

Je poussai un gémissement tremblant alors que j'appuyais la tête contre le mur derrière moi. C'était ça, *ça* qu'il me fallait. J'étais blottie entre les bras puissants de Diego alors que son manche épais m'emplissait et m'étirait. Une vague de plaisir me submergea, puissante, mon cœur et mon âme aux abois.

— Bordel, ce que c'est bon. Tiens-toi, ma belle.

Je peinais à faire sens des mots de Diego.

Il resta immobile un instant avant de se mettre à aller et venir en moi, s'enfouissant un peu plus loin à chaque coup de reins. Nous étions pressés l'un contre l'autre, sa base frottant mon clitoris alors qu'il allait et venait.

Mon orgasme me prit presque par surprise. Le moindre de mes muscles se contracta alors que j'atteignais l'extase, et je hurlai en tremblant contre lui.

Il déposa un baiser ardent dans mon cou, juste en dessous de ma mâchoire, alors que je le sentais frissonner et se tendre. Mon plaisir résonnait encore dans tout mon corps alors qu'il se figeait. Il me tint là, contre le mur poussiéreux de la grange, le silence uniquement interrompu par nos respirations haletantes. J'avais l'impression de flotter tant j'étais légère. Je m'étais assez oubliée pour m'autoriser cette extase.

Enfin, Diego s'écarta avant de m'aider à me rhabiller, son regard arpentant mon corps. Je devais avoir l'air d'une idiote tremblante de plaisir, mais je m'en moquais.

— Comment ça va ? me demanda-t-il, un sourire au coin des lèvres.

— Bien. Vraiment très bien.

— On est deux, comme ça.

Chapitre Dix-Neuf

DIEGO

J'aurais dû rentrer après ça. Je ne m'attardais généralement pas une fois ma partenaire satisfaite et mon désir étanché. Mais je n'avais aucune envie de partir. Gemma avait l'air de flotter, et je voulais savourer sa joie.

Nous retournâmes à l'intérieur et elle me proposa de la glace. Je n'avais aucune raison de refuser. Puis elle prit ma main et me mena à la chambre, annonçant :

— On va se coucher.

Ma deuxième opportunité de m'éclipser. Je ne la saisis pas.

Je peinai à trouver le sommeil après ça. Bordel, elle m'avait retourné la tête dans la grange. J'ignorais comment, mais j'avais deviné qu'elle n'avait aucune envie d'une sorte de séduction orchestrée avec soin. Elle avait voulu une étreinte passionnée, presque animale, et c'était donc ce que je lui avais donné. Je ne m'étais simplement pas attendu à ce qu'elle, dans son plaisir primitif, plante un drapeau dans mon cœur. J'avais comme l'impression qu'il ne me serait pas aisé de m'en débarrasser.

Je somnolais à côté d'elle, bercé par sa respiration tranquille. Alors même que je craignais que mon cerveau me tienne éveillé toute la nuit, elle glissa la jambe sur ma taille et blottit ses courbes douces et chaudes contre moi. Et je m'endormis.

Lorsque je me réveillai le lendemain matin, il me fallut un instant pour reprendre mes esprits. Une odeur de bacon et de sirop d'érable planait dans l'air. Le lit était si confortable avec sa couverture légère et ses nombreux oreillers moelleux. Je ne voyais Gemma nulle part.

Je me tournai pour récupérer mon téléphone posé sur la table de nuit et découvris qu'il était à peine six heures. J'avais encore tout le temps de retourner à l'auberge si je le voulais, ou de prendre ma douche ici. Je décidai d'aviser une fois levé.

Après m'être habillé, je sortis de la chambre et entendis Gemma dire :

— Neal, je ne suis pas certaine de vouloir m'impliquer. J'ai besoin de temps pour me décider.

Il y eut un silence et je continuai à marcher, puisque j'ignorais quoi faire d'autre. Lorsque j'entrai dans la cuisine, Gemma répondit à ce que Neal lui avait dit avec :

— Je te promets d'y penser. Je te tiens au courant. Je t'aime.

— Bonjour, dis-je alors qu'elle posait son téléphone.

Elle se tourna, les sourcils froncés.

— Oh, salut. C'était mon frère.

Elle se tut et ferma les yeux tout en secouant la tête. Lorsqu'elle les ouvrit de nouveau, elle m'offrit un petit sourire.

— Je suis en train de préparer le petit-déjeuner. Pancakes et bacon. T'en veux ?

— Avec plaisir.

Incapable de résister, je la rejoignis près de la cuisinière et penchai la tête pour déposer un baiser au creux de son cou. Ses cheveux étaient coiffés en un chignon approximatif et elle portait un tablier par-dessus son T-shirt et legging. Elle était aussi adorable que sexy.

Elle retourna le bacon dans la poêle en relevant la tête et, avant même de pouvoir m'en empêcher, je l'embrassai. Elle était délicieuse. La tête me tourna alors que je m'écartais et mon cœur s'affola lorsque nos regards se croisèrent.

— Bonjour, répétai-je.

— Bonjour, répondit-elle. J'ai fait du café.

Elle pointa du doigt la cafetière presque pleine et la tasse vide posée juste à côté.

Je me servis et elle m'indiqua où se trouvait le lait. Je la regardai préparer les pancakes, après quoi nous prîmes place à table pour déjeuner. Je réalisai soudain que c'était la matinée la plus domestique que j'avais jamais vécue, du moins depuis que j'avais quitté la maison de mes parents.

— Il travaille dans quoi, ton frère ? demandai-je sur le ton de la conversation alors que nous mangions.

— Il est avocat à Portland.

Elle me scruta tout en buvant une gorgée de café. Lorsqu'elle posa sa tasse, elle ajouta :

— Je suis un peu le vilain petit canard de ma famille.

— Le vilain petit canard ? répétai-je.

— J'ai du mal à trouver ma place. Mes parents sont de brillants avocats, et mon frère aussi. J'étais censée être brillante comme eux, sauf que je suis dyslexique. Ça ne m'a pas facilité la tâche à l'école, d'autant que mon trouble a été détecté très tard. Mais ma famille est géniale donc je ne peux pas franchement trop me plaindre.

J'acquiesçai en réfléchissant.

— C'est pas toujours simple la famille, même quand on s'aime. T'as bien vu Harley, et c'est loin d'être la plus affirmée de mes sœurs. J'adore toutes mes sœurs mais j'avoue qu'elles me rendent dingue, parfois. J'espère qu'elle n'y est pas allée trop fort avec toi hier soir, quand vous étiez seules.

Gemma rit avant de boire une nouvelle gorgée de café.

— Harley a été super, et elle ne m'a rien dit qui m'ait choquée. Il est clair qu'elle veut que tu sois heureux, et je suis sûre que tu en ferais autant pour elle.

— Peut-être, mais mes sœurs ont parfois tendance à en faire un peu trop pour me forcer à aller dans leur sens.

Gemma sourit, compatissante.

— C'est quand même bien d'être entouré par sa famille,

même quand elle nous rend dingues. Ce n'est pas facile d'être seul dans ce monde.

Elle se leva et lança un regard à mon assiette vide. Je souris en me levant.

— Je t'aide à débarrasser.

— Reste... dit-elle.

Mais elle se tut lorsque je secouai la tête.

— Tu m'as préparé un délicieux petit-déjeuner alors oui, je vais t'aider à débarrasser et tu n'as même pas intérêt à essayer de m'en empêcher.

Elle me lança un sourire gêné.

— C'est une vraie corvée de remplir le lave-vaisselle mais fais-toi plaisir, je t'en prie, me taquina-t-elle.

Je m'exécutai avant de la suivre dehors pour nous occuper des chevaux. J'eus à peine fait un pas dans la grange, où étaient rangés le foin et les céréales, que mon esprit se rappela à notre étreinte de la veille.

Lorsqu'elle était entre mes bras, plaquée contre le mur, alors que j'étais enfoui dans son sexe chaud et humide. Bordel. Le simple fait de repenser à la façon dont Gemma avait joui sur mon manche me donna envie de la prendre contre le mur de nouveau.

Quelques minutes plus tard, je me tenais à côté de mon pick-up, ses yeux braqués sur moi.

— Hier soir, c'était...

Elle se tut, rougissant à vue d'œil.

— Incroyable, terminai-je pour elle.

Elle rougit davantage encore et acquiesça en se mordant la lèvre.

— Incroyable, oui.

— Assez pour qu'on sorte enfin dîner comme promis ?

Je vis ses doutes traverser son regard, après quoi elle acquiesça.

— Oui. Quand est-ce qu'on fait ça ?

— Quand tu veux, répondis-je, sincère.

Gemma sortit son téléphone de sa poche pour ouvrir son calendrier, qu'elle consulta rapidement.

— Que dirais-tu de ce vendredi ?

— Oui, parfait. On n'a jamais de vol en soirée le vendredi donc je devrais être rentré avant dix-sept heures. Je t'envoie mes horaires et on se retrouve ici.

Gemma acquiesça et nous restâmes plantés là un moment. Je ne connaissais que peu les émotions que je ressentais en ce moment. J'avais envie de l'embrasser. De la ramener à l'intérieur et de rester au lit, avec elle, toute la journée. Je n'avais jamais rien ressenti de tel pour une femme. Pas depuis bien longtemps, en tout cas. Mais je n'étais pas dupe. Il était évident que Gemma n'était pas n'importe quelle femme à mes yeux.

J'approchai et me penchai pour déposer un baiser sur ses lèvres. Lorsque je m'écartai, ma queue était dure comme du bois et mon cœur battait la chamade dans ma poitrine.

— À vendredi, dis-je en me forçant à reculer.

Je montai dans mon pick-up et me mis en route.

J'étais presque arrivé à l'auberge lorsque je repensai à la conversation que j'avais entendue en entrant dans la cuisine, ce matin-là. De quoi Gemma avait-elle parlé ?

Ça n'aurait pas dû avoir la moindre importance à mes yeux. Mais Gemma commençait à compter pour moi, et je n'avais jamais aimé les secrets. Je tentai de me convaincre que ce n'était sans doute rien, et qu'elle ne me devait pas la moindre explication. Mais cela me fut difficile lorsque je repensai à la tension dans ses épaules lorsque je l'avais vue discuter avec son frère.

Je me rappelai alors la remarque d'Harley. Que ce n'était pas parce que Deana avait trahi nos parents que tout le monde me trahirait de la même façon. Je tentai de me convaincre qu'elle avait raison. Il était inutile de m'imaginer des problèmes alors que je n'en avais aucun.

Chapitre Vingt

DIEGO

Gabriel tenta de claquer avec rage la porte du petit avion sans vraiment y parvenir. Ces portes étaient si légères qu'elles ne claquaient jamais vraiment. Je mis mon casque en effectuant les vérifications d'usage avant chaque vol.

Ce ne fut qu'une fois que nous fûmes dans les airs que je demandai :

— Qu'est-ce qui te rend si ronchon ?

Gabriel me lança un regard en coin, son agacement évident dans les traits tendus de son visage. Il mit son casque. Nous avions un canal privé pour discuter lorsque nous étions dans les airs.

— Je me suis pris la tête avec Nora.

C'était peut-être la première fois que Gabriel avouait, même à demi-mot, qu'il avait une relation plus qu'amicale avec Nora. Ils se cachaient de Flynn aussi prudemment que possible, mais pas vraiment du reste d'entre nous.

— À quel sujet ?

Il se tut pendant un moment avant de répondre,

— Je lui ai dit que je n'avais jamais voulu de relation sérieuse. Je pensais que c'était évident. Sauf que ça l'a mise en boule.

— Ah, je vois. T'aurais préféré continuer à la voir sans t'engager ?

Il soupira.

— J'en sais trop rien. C'est un peu ça, le problème.

— Ça et le fait que vous vous cachez comme des gosses qui ont peur d'être pris sur le fait par leurs parents, répondis-je en riant.

Il grogna.

— Je sais. Justement, on s'est disputés parce qu'elle en avait marre de se cacher et qu'elle voulait qu'on s'affiche devant tout le monde. Elle m'a aussi dit qu'elle avait développé des sentiments pour moi. Et moi, je lui ai répondu qu'il n'y avait pas de relation à afficher. C'est pour ça qu'elle s'est énervée.

— Nora est une fille bien. Pourquoi est-ce que tu n'envisages pas d'être avec elle ?

— Tu me connais. Après ce qui s'est passé avec Greg, je n'ai pas franchement envie de m'engager ou d'avoir de copine.

Je tournai le manche de l'avion, admirant le soleil couchant sur la baie devant nous et les montagnes qui brillaient dans ses derniers rayons.

— C'est un peu cynique, si tu veux mon avis. Greg s'est tapé l'ex d'Elias et la tienne. Elias a tourné la page. Pourquoi tu n'en fais pas autant ?

Gabriel ricana.

— C'est toi qui me dis ça ? Monsieur cynique ? De nous tous, c'était toi qui étais destiné à tomber amoureux et à te caser comme tes parents. Sauf que tu refuses de fréquenter quiconque sous prétexte que ta première copine t'a trahi.

Sa remarque me blessa, je devais l'admettre, mais j'encaissai le coup.

— C'est pas faux. Mais j'essaie peut-être de tourner la page, qui sait ?

— Avec Gemma ?

— Oui. Alors bon, je n'ai pas la moindre idée de ce qui va se passer entre nous, mais elle me plaît.

— Oui bah ça, c'est pas un scoop, répondit Gabriel en riant.

Notre conversation fut interrompue par une voix à la radio qui demandait à ce qu'on passe chercher des passagers qui avaient besoin de se rendre à Diamond Creek pour un rendez-vous médical. Notre journée fut chargée et nous n'eûmes pas franchement le temps de ressasser nos problèmes amoureux. Je me demandai malgré tout comment les choses allaient tourner, à l'auberge, lorsque Nora et Gabriel allaient inévitablement finir par se retrouver dans la même pièce. Mais ce n'était pas vraiment mon problème. Mon seul problème, à cet instant, était de maîtriser mon envie de revoir Gemma.

Mais j'avais l'habitude de garder mes distances. Nous rentrâmes plus tôt que prévu, et bien que je me demandais si Gemma était libre, je décidai de résister à la tentation et de rentrer à l'auberge pour la soirée. Je dînai avec le reste de l'équipe, notant le froid entre Gabriel et Nora. Je me demandais combien de temps ça allait durer.

Chapitre Vingt-Et-Un

GEMMA

Je traversai le studio et rangeai les tapis de yoga que mes élèves avaient empruntés après les avoir désinfectés. La porte des toilettes s'ouvrit et Daphné en sortit. Elle me sourit.

— Merci. Ton cours était vraiment top ce soir. J'ai souvent mal au dos comme je passe mes journées debout pour cuisiner, dit-elle en se massant le bas du dos.

— Je suis contente que ça te fasse du bien.

— Ça te dirait d'aller déjeuner et boire un café ? me demanda-t-elle.

Je lançai un rapide regard à l'horloge avant d'acquiescer.

— Pourquoi pas. J'ai quelques heures devant moi avant mon prochain cours.

Les yeux verts de Daphné s'illuminèrent.

— Cool. J'ai bien envie d'aller au Misty Mountain. Il faut que je voie avec Cammi si notre nouveau système de livraison fonctionne bien.

Nous regagnâmes le parking ensemble une fois que j'eus verrouillé le studio.

— Un nouveau système de livraison ? m'enquis-je tandis que nous rejoignions nos voitures.

Daphné acquiesça.

— Oui. Je prépare les pâtisseries à l'avance, mais je ne les cuis pas. Les garçons lui livrent et c'est elle qui s'occupe de la cuisson. Je veux juste être sûre que les heures de livraison lui conviennent et que les pâtisseries sont bien quand elles sortent du four.

— Tu veux dire que je vais pouvoir en goûter une après le déjeuner ?

Elle sourit.

— Espérons.

Elle me fit un signe de la main avant de monter en voiture et je la suivis jusqu'au Misty Mountain. Je commençais à me rendre compte que ça me plaisait plutôt, de vivre dans une petite ville. Ça me faisait du bien de me faire des amis et de trouver ma place ici.

Ma mère m'avait encore appelée ce matin, et comme à l'habitude, notre discussion m'avait fait réfléchir. Elle peinait encore à comprendre que j'aie pu avoir l'impression de ne pas être à ma place à Portland. Ce n'était la faute de personne. Mes parents et mon frère étaient des grosses têtes. Je n'étais pas idiote, bien entendu, mais il avait fallu si longtemps pour découvrir ma dyslexie que j'avais eu un mal fou à redresser la barre ensuite.

Sans oublier que la seule chose pour laquelle j'avais été douée dans la vie, le sport, avait fini par tourner au cauchemar. Je prenais encore des nouvelles de certaines de mes amies de l'époque, mais nos relations avaient été profondément affectées par les actes de notre coach. Les choses n'avaient plus jamais été comme avant, après ça. Sans parler du fait que toutes mes amies ne partageaient pas le même avis sur ce qui s'était passé, ce qui ne faisait que compliquer les choses davantage.

Lorsque les gens entendaient parler des actes inappropriés de personnages respectés, ils avaient tendance à croire que les victimes devaient être entourées de personnes généreuses et attentionnées pour les aider à tourner la page. J'avais découvert à la dure que c'était rarement comme ça, que les choses se passaient. Certaines personnes refusaient d'accepter l'évidence, peu importe combien de preuves il existait. D'autres encore blâmaient les lanceurs d'alerte. L'attention qu'on portait aux victimes était intense et moche. Même si l'opinion du public avait changé sur ces crimes, les choses n'en restaient pas moins difficiles. Les victimes finissaient toujours par être accusées d'une chose ou d'une autre.

Je soupirai dans ma voiture alors que je suivais Daphné dans le parking du nouveau café de Cammi. Je devais avouer que ça me faisait du bien d'être dans un endroit où tout le monde n'était pas au courant de ma mésaventure avec mon ancien coach et des rumeurs au sujet de ce qui s'était passé. Si des années avaient passé depuis, ma souffrance me revenait dans la tronche comme un boomerang avec l'arrestation de mon coach.

Je coupai le contact en m'efforçant de remettre de l'ordre dans mes idées. Il fallait que je vive dans l'instant. Dans *cet* instant. J'allais déjeuner avec une amie. Quelques minutes plus tard, j'entrai dans le café avec Daphné. Cammi nous salua depuis le comptoir où elle servait une famille. Je balayai la salle du regard et commentai :

— La déco est adorable.

— Ouais, hein ? répondit Daphné. J'adore ce que Cammi a fait de l'endroit.

— Je sais que c'est la nouvelle proprio, mais qu'est-ce qui est arrivé aux anciens ?

— J'ai entendu dire qu'ils avaient déménagé, expliqua Daphné en regardant autour d'elle. Je suis encore soufflée qu'ils aient transformé ce vieux bâtiment en café.

— Je crois que les huttes Quonset comme celles-ci datent de la Seconde Guerre mondiale. Il y en a encore pas mal dans le nord-ouest.

Le bâtiment cylindrique avait été entièrement rénové à l'intérieur, avec des fenêtres sur les côtés et des plaques de plâtre aux murs. L'intérieur était spacieux et agréable.

— J'ai dit à Flynn qu'il fallait qu'on achète des meubles à Jessa pour l'auberge, dit-elle alors que nous passions devant une petite table ronde sur laquelle un tournesol était peint.

— Il me semble avoir rencontré Jessa à l'ouverture.

Daphné acquiesça tandis que nous rejoignions la file de clients qui attendaient d'être servis.

— Elle expose au Midnight Sun Arts, la galerie d'art près du port. Et elle vend ses œuvres en ligne aussi. Cammi a bien fait de s'arranger avec la galerie pour vendre des œuvres ici aussi. Leur arrangement profite à tous.

— Comme avec tes pâtisseries, dis-je en souriant.

Elle rit.

— Exactement. Et puis, ça me fait plaisir. J'adore pâtisser. Et même si ça me fait du travail en plus avec l'auberge, ça reste gérable puisqu'on n'a jamais plus de trente clients à la fois.

Je me tournai vers elle, la mâchoire décrochée.

— Je ne m'imagine pas faire à manger pour tente personne et pourtant j'*aime* cuisiner. Respect, franchement.

Elle rit.

— Je gérais un restaurant réputé quand je vivais à Atlanta, alors trente personnes c'est pas grand-chose pour moi, tu sais.

— Ah, tu viens de la ville, toi aussi ?

Nous atteignîmes le bout de la file et Cammi nous sourit alors que Daphné répondait :

— Oh que oui. J'ai grandi à Atlanta. Et toi, tu viens d'où ?

— De Portland, dans l'Oregon.

— Tu penses que mon café est assez bon pour se faire une place sur le marché, là-bas ? plaisanta Cammi en se joignant à notre conversation.

— Oh que oui. Ton café est divin, répondis-je.

— En parlant de ça, dit Cammi. Qu'est-ce que je vous sers, mesdames ?

Nous commandâmes un café chacune, ainsi que des sandwichs et l'une des pâtisseries de Daphné. Nous étions sur le point d'aller nous asseoir pour attendre notre commande lorsque Daphné dit à Cammi :

— J'espérais que tu pourrais faire une pause pour discuter des livraisons.

Cammi acquiesça rapidement.

— Je vais demander à Amy de me remplacer. Je vous rejoins tout de suite. Je meurs de faim, de toute façon.

Quelques minutes plus tard, je fermai les yeux en poussant un soupir de satisfaction. Je les rouvris en mâchant et dis :

— C'est de la bombe, ce sandwich.

Daphné sourit.

— Je sais. Le mariage de la sauce cream cheese/cranberry avec le pesto est encore meilleur que je le pensais.

— C'est toi qui fais ces sandwichs aussi ?

— Oh, non. Je ne peux pas être partout. Cammi et moi avons travaillé sur le menu ensemble, mais c'est elle qui s'occupe des sandwichs.

Cammi vint nous rejoindre avec sa propre assiette. Elle s'était servi le même sandwich que moi. Elle prit place à notre table en nous regardant tour à tour.

— Alors ?

— On disait justement que tes sandwichs étaient délicieux, répondit Daphné.

J'acquiesçai et Cammi sembla soulagée.

— Oh, tant mieux. Je dois dire que j'avais un peu peur à l'idée de servir à manger quand j'ai repris le café. Heureusement que les employés n'ont pas démissionné. Ils sont top.

— C'est sûr que ça doit faire la différence. Tu te débrouilles très bien, en tout cas, commenta Daphné d'un air encourageant.

Nous dégustâmes nos sandwichs en silence pendant un moment, après quoi Daphné dit :

— Elias nous manque beaucoup à l'auberge, au fait.

Cammi rougit furieusement.

— Ah oui ? J'ai entendu dire que quelqu'un avait repris sa chambre.

— Il fallait que ça finisse par arriver, répondit Daphné en souriant. Il n'était quasiment plus à l'auberge, vu qu'il passait tout son temps chez toi. Et même s'il nous manque, je suis vraiment heureuse pour vous deux.

Daphné se tourna vers moi.

— En parlant de ça, je serais curieuse de savoir comment ça se passe, avec Diego.

— Euh...

Je rougis comme une pivoine en les regardant tour à tour.

— Pourquoi j'ai l'impression que vous en savez plus sur Diego et moi que moi-même, toutes les deux ?

Cammi, qui était adorable, eut pitié de moi.

— Il va falloir t'habituer à la vie dans une petite ville. Que ça te plaise ou non, les gens sont toujours au courant de ce qui se passe. Mais on est loin d'en savoir plus que toi.

Mes joues brûlaient encore alors que je me forçais à hausser les épaules.

— On était censés dîner ensemble vendredi mais ses horaires ont changé, donc je ne sais pas trop quand est-ce qu'on se reverra.

Une lueur espiègle illumina les yeux de Daphné.

— Je suis sûre qu'il trouvera un moment. Et comme Cammi te l'a dit, on ne sait pas grand-chose. En-dehors du fait que Diego t'apprécie et que les mecs pensent que t'es une exception.

— Une exception ? répétai-je.

Daphné mordit dans son sandwich, me faisant attendre. Je doutais qu'elle le fasse exprès, mais je trépidais malgré tout. Diego était bien la seule chose qui me rendait aussi impatiente. Elle avala sa bouchée et but une gorgée d'eau, puis elle ajouta :

— Apparemment, il n'a plus fréquenté quiconque depuis qu'il a rompu avec sa fiancée quand il était jeune. C'était il y a genre quoi, dix ans, dit-elle en se penchant, les yeux écarquillés.

Animée par la curiosité, je décidai de poursuivre la conversation. Si toute la ville devait parler de moi, autant que j'en sache le plus possible.

— Que disent les garçons ? Je sais qu'ils sont proches. Ils ont fait l'Air Force ensemble, non ?

Daphné acquiesça, à l'unisson avec Cammi.

— Ouaip, intervint Cammi. Aussi proches que des frères.

Bon après, j'en sais pas beaucoup non plus. Juste que Diego n'est pas du genre à s'engager avec une femme. Elias m'a dit que c'était un grand pas qu'il t'ait présentée à sa sœur.

En parlant du loup, la porte du café s'ouvrit et Harley entra d'un pas assuré. Elle s'arrêta pour balayer la salle du regard et ses yeux se posèrent sur nous, qui étions assises à une table dans un coin. Elle releva le menton et approcha à grandes enjambées.

— Oh bordel, marmonnai-je. Harley a l'air sympa mais elle a aussi l'air d'avoir beaucoup d'opinions, si vous voyez ce que je veux dire. Et si elle me détestait en secret ?

Daphné me lança un sourire réconfortant.

— T'inquiète, on est là pour te protéger. Inquiète-toi plutôt de ses projets de mariage pour Diego. Flynn m'a dit qu'elle avait même essayé de lui arranger le coup avec plusieurs de ses copines.

Harley s'arrêta à notre table.

— Salut les filles, dit-elle. J'ai entendu dire que c'était ici qu'on servait le meilleur café de la ville.

Cammi se leva en récupérant son assiette vide.

— Espérons que ce qu'on dit est vrai. Qu'est-ce que je te sers ?

— Tu travailles ici ? s'enquit Harley.

— L'endroit est à moi, répondit Cammi en rougissant.

— Bordel. C'est trop cool, s'exclama Harley en suivant Cammi au comptoir.

Je croisai le regard de Daphné.

— Tu penses qu'elle veut me faire épouser Diego ?

Malgré nos étreintes passionnées, j'étais quelque peu alarmée à cette idée.

Daphné rit.

— Aucune idée. Harley a un sacré caractère. Mais ne te laisse pas marcher sur les pieds. Et sache que tu plais beaucoup à Diego, quoi que sa sœur puisse te dire.

Quelques minutes plus tard, Harley vint nous rejoindre avec

son café. Elle en but une grosse gorgée avant de nous regarder et d'annoncer :

— Il est délicieux.

— Je suis bien d'accord, répondis-je. Je suis souvent allée à Seattle et ils ont beau être réputés pour leur café, celui de Cammi est encore meilleur.

Le regard perçant d'Harley, semblable à celui de Diego, se posa sur moi.

— Alors, qu'est-ce qui t'amènes en Alaska ?

Je poussai un soupir de soulagement intérieur. Ce sujet de conversation ne me faisait pas peur.

— J'ai gagné un voyage et je me suis dit que ça devait être un signe. J'avais envie de changer de décor. J'ai trouvé un travail qui incluait la location d'une maison à condition que je m'occupe des chevaux des propriétaires. Ça me permet de payer mes factures, et j'ai lancé mon studio de yoga en plus.

Harley acquiesça, l'air approbateur.

— Pas mal. Et qu'est-ce que tu penses de mon frère ?

Daphné donna un petit coup de coude à Harley.

— Hé, vas-y doucement. Ce n'est que la deuxième fois que tu vois Gemma.

Harley haussa les épaules, pas le moins gênée du monde.

— Et ? Vois ça comme un entretien.

J'éclatai de rire malgré moi.

— Un entretien ? répétai-je.

Harley eut l'air gênée par ma réaction. Elle but une gorgée de café, puis elle expliqua :

— Désolée. Je suis peut-être un peu trop directe. Diego s'est déjà fait avoir une fois donc je veux juste être sûre que tu n'as pas de mauvaises intentions.

Je levai la main.

— Tu n'as aucune raison de t'inquiéter, Harley. Je sais prendre soin de moi et je n'ai aucune attente. Et puis, Diego et moi ne sommes sortis ensemble qu'une seule fois, officiellement. Quand on s'est vues à l'auberge, j'étais venue pour parler de mes cours de yoga.

Harley sourit.

— Mais tu ne vas pas lâcher l'affaire, hein ? Mon frère vaut la peine de s'accrocher, crois-moi.

Daphné leva les yeux au ciel.

— Il faut savoir ce que tu veux, Harley. Soit tu lui fais peur, soit tu la persuades de fréquenter ton frère. Décide-toi.

Harley rit.

— Bon, bon, peut-être que je suis un peu...

Elle se tut, l'air de réfléchir à la fin de sa phrase.

— Chiante ? suggéra Daphné.

Je ris tout en écartant mon assiette vide. Harley lança un faux regard noir à Daphné.

— Touché.

Puis elle se tourna vers moi.

— Diego est vraiment génial. Et si tu lui brises le cœur, je te jure que je te botterai le cul.

J'acquiesçai.

— Je n'en doute pas.

Assez bizarrement, cette conversation m'avait permis d'apprécier Harley un peu plus. Il était évident qu'elle se faisait du souci pour son frère, et je l'admirais pour ça. La famille comptait énormément à mes yeux, et j'étais touchée de constater que Diego était entouré par des sœurs aimantes qui voulaient son bonheur.

Nous poursuivîmes notre conversation en changeant de sujet, interrompues çà et là par des clients qui venaient saluer Daphné. Elle me présenta plusieurs personnes du coin qui viendraient peut-être à mes cours de yoga. Ou, mieux encore, qui deviendraient peut-être mes amis. C'était tout ce que je voulais.

Chapitre Vingt-Deux

GEMMA

— Je ne suis pas certaine d'en avoir besoin, maman, répondis-je en glissant mon téléphone entre mon épaule et mon oreille.

Je remuai mes pâtes sur le feu.

— Ma puce, tout ce que je veux dire, c'est que ça pourrait être un moyen de te réapproprier ton histoire. Je regrette vraiment la façon dont les choses se sont passées à l'époque. Et même si je suis furieuse que cet homme ait pu continuer à travailler et à s'en prendre à des jeunes filles, je suis aussi soulagée que tout ça ait fini par éclater. Ça pourrait te libérer, de dire la vérité.

Je ricanai.

— Vive les clichés.

Ma mère m'ignora et elle poursuivit :

— Un cliché ne devient pas un cliché pour rien. Je n'ai pas pu te protéger de lui à l'époque ni faire en sorte qu'il soit puni, mais je pense que ça te ferait du bien de participer au procès.

— Je t'ai déjà dit que j'y réfléchissais encore, maman. Laisse-moi un peu de temps pour me décider. On n'est pas pressés. Les avocats de l'accusation m'ont envoyé un courrier pour me donner les dates. La première audience à laquelle je pourrais témoigner n'est que dans trois mois, si elle n'est pas repoussée. Je te rappelle que tu n'arrêtes pas de dire qu'attendre que justice se fasse, c'est comme regarder de la peinture sécher. Je n'ai pas à me décider maintenant.

— Je sais, je sais. C'est juste que…

— Laisse-moi me décider toute seule pour une fois maman, tu veux ? intervins-je.

Ma mère se tut et je parvins presque à apercevoir sa déception sur son visage. Elle était du genre à charger tête baissée, et je savais qu'elle aurait voulu que j'en fasse autant.

— Bon, d'accord. Sache juste qu'on est là pour toi. On te soutient à cent pour cent, quoi qu'il arrive.

— Je sais, maman. Et ça compte beaucoup pour moi. Bon, il faut que je te laisse, je suis en train de faire à manger et je dois égoutter mes pâtes. Je te rappelle dans quelques jours, d'accord ?

— Pas de problème. Je t'aime, ma chérie.

— Je t'aime aussi, maman.

Je m'efforçai d'oublier ce coup de fil et toutes les émotions difficiles qui y étaient rattachées en mangeant mon déjeuner avant de me rendre au studio pour mes cours du soir. J'avais hâte d'aller à l'auberge le lendemain pour y donner mes deux premiers cours de yoga. Daphné m'avait envoyé un message aujourd'hui pour me prévenir que le cours réservé aux clients était complet.

Je venais de terminer la vaisselle lorsque mon téléphone sonna. Je lançai un coup d'œil à l'écran, sur lequel s'affichait un numéro de téléphone que je ne reconnaissais pas. Je répondis malgré tout, plus par curiosité qu'autre chose.

— Allô ?

— J'aimerais parler à Gemma Marlon.

— C'est moi. Que puis-je faire pour vous ?

— Ah, parfait, répondit l'homme à l'autre bout du fil. Mon nom est Tom Johnson et je suis avocat. Je travaille sur l'affaire Shawn Winston. Vous êtes sur la liste des témoins potentiels et j'espérais pouvoir discuter avec vous.

— Je vous ai déjà dit que j'y réfléchirais et que je vous tiendrais au courant, dis-je d'une voix ferme.

— Je n'ai pas dû être assez clair, pardon. Je ne suis pas du bureau du procureur. Je représente monsieur Winston. Vous êtes nommée comme témoin potentiel de la défense, et votre hésitation à collaborer avec le parquet en dit long.

Ma mâchoire se décrocha sous le coup de la surprise. Je restai hébétée un moment, trouvant absolument dingue que cet avocat puisse croire qu'une des victimes irait témoigner en faveur de son client. Bientôt, ma colère et mon amertume se ravivèrent. J'avais déjà vu ça aux infos ; des avocats qui persuadaient les victimes de changer leur histoire des années plus tard. Je m'efforçais de remettre assez d'ordre dans mes pensées pour enfin répondre :

— Je ne sais pas ce qui vous a laissé croire que je pourrais témoigner en faveur de votre client, mais laissez-moi vous dire que vous vous trompez.

À l'autre bout du fil, l'avocat ne sembla pas le moins du monde perturbé. Il répondit sans hésiter :

— Bon, si vous changez d'avis, n'hésitez pas à nous contacter. Il est innocent et nous espérons pouvoir le démontrer à la cour ainsi qu'au public.

— Je ne changerai pas d'avis, répondis-je d'un ton assassin.

Je raccrochai et posai lentement mon téléphone sur le plan de travail avant de glisser les bras autour de ma taille et d'aller me poster à la fenêtre du salon. Je me sentais gelée et j'avais la nausée.

— Non mais quel culot ! marmonnai-je pour moi-même. Comment est-ce qu'ils savent que je n'ai pas encore accepté de témoigner ?

Mon regard se posa sur les chevaux à travers la fenêtre. Shasta avait la tête posée sur l'arrière-train de Charlie, comme il le faisait souvent. Je pris une grande inspiration avant de pousser un long soupir.

Puis, sans vraiment y réfléchir, je sortis et je traversai l'allée en direction du champ. Je récupérai quelques friandises dans un seau accroché à un mur de la grange en hauteur, à côté de la porte.

Les chevaux étaient intelligents. Dès qu'ils m'entendirent ouvrir le seau, ils levèrent la tête avant d'approcher en trottant.

— Coucou, leur dis-je lorsqu'ils s'arrêtèrent de l'autre côté de la barrière.

Je donnai des friandises aux quatre chevaux et les caressai pendant quelques minutes. Je laissai Shasta me donner de petits coups de museau dans l'épaule et bientôt, je sentis ma colère se dissiper. Ça m'apaisait d'être avec les chevaux, et je remerciai le ciel en silence d'avoir reçu cet appel alors que j'étais à la maison.

Un moment plus tard, je grimpai en voiture et pris la route du studio, un millier de pensées tournoyant dans mon esprit. L'appel de l'avocat de mon ancien coach n'avait fait que précipiter ma décision. J'allais témoigner pour l'accusation. J'ignorais si cela me libérerait comme ma mère l'espérait, mais il était hors de question que je laisse mon bourreau s'en tirer sans réagir. Je comptais bien faire tout ce qui était en mon pouvoir pour qu'il soit enfin puni pour ses actes.

Chapitre Vingt-Trois

DIEGO

Harley jeta ses cartes sur la table en poussant un soupir agacé. Je lui lançai un regard en coin.

— Pourquoi t'es grognon ? demandai-je.

— Je ne gagne jamais, se plaignit-elle.

— T'as gagné hier soir, la contredit Grant.

Il ne devait pas savoir combien ma sœur *détestait* être corrigée.

Sa réaction fut immédiate et elle se tourna vers lui, le regard noir.

— Merci de préciser que je n'ai gagné qu'une seule partie. Je me demande bien comment j'aurais survécu sans ce commentaire.

Grant écarquilla les yeux et décida de ne pas répondre. Tucker ne prit pas la peine de cacher son éclat de rire.

— T'es pas censé remarquer ce genre de chose, expliquai-je à Grant. Et encore moins en faire le commentaire.

Grant haussa les épaules. Il était inébranlable, jamais touché par quoi que ce soit, même pas par les piques de ma sœur. Il organisa ses cartes tandis que Flynn posait sa prochaine carte sur la table.

— C'est quand déjà, le cours de yoga ? demanda Harley quelques minutes plus tard.

— J'imagine que tu parles du cours que Gemma doit venir donner à l'auberge. Elle sera là demain soir, répondit Flynn. Tu comptes venir au cours ?

— J'espère bien. Daphné dit que ses cours sont géniaux. Même si bon, ce n'est pas vraiment pour ça que j'y vais.

Tucker leva les yeux au ciel.

— Allez, je mords à l'hameçon. Pourquoi tu vas à son cours ?

— Pour espionner Diego et Gemma, répondit Harley, pas le moins du monde gênée.

Je secouai la tête et posai mes cartes pour passer mon tour.

— Pour nous espionner ? C'est un cours de yoga, tu t'attends à quoi ?

— Ben, elle te plaît alors...

— Alors quoi ? insistai-je. Je ne sais pas si tu le sais, mais la surveillance constante n'est pas vraiment favorable à un rapprochement amoureux.

— Ah ! Tu vois, t'as dit « amoureux ». C'est du sérieux, alors, intervint Harley d'un air triomphant.

Je soupirai, agacé, et lançai un regard à Tucker qui était assis devant moi.

— Rappelle-moi de refuser la prochaine fois qu'une de mes sœurs voudra venir squatter ici.

Flynn rit en remportant la partie, puis rassembla les cartes rapidement avant de les mélanger.

— Pas de problème. Et après, tu nous diras qu'il n'y a rien de plus important que la famille dans la vie. Et tu nous diras aussi que tu es capable de tout supporter quand il s'agit de tes sœurs, même si elles mettent le nez dans tes affaires.

Je gloussai en m'appuyant contre le dossier du canapé.

— T'as pas tort. Et il n'y a rien de plus important que la famille dans la vie, c'est vrai.

— C'est bien pour ça qu'on attend tous que tu te trouves quelqu'un, répondit Flynn, une lueur au fond des yeux.

— Gemma et moi sommes sortis dîner une fois. Et oui, on compte se revoir, mais j'aimerais bien faire les choses à mon rythme si ça ne vous dérange pas, répondis-je.

Je tolérai les taquineries de mes amis pendant toute la soirée, pas uniquement au sujet de Gemma mais de tout le reste. Parce que c'était ce qu'on faisait, en famille. On se taquinait. Et j'étais loin d'être la seule cible. Même si je m'en plaignais parfois, j'adorais mes sœurs et mes amis. Et oui, la famille comptait plus que tout à mes yeux.

J'avais beau vouloir me donner un air détaché, Gemma était une bouffée d'air frais dans ma vie. Elle avait empli un vide dans mon cœur, alors même que je le pensais dur comme la pierre. Bien que nous n'étions sortis dîner qu'une seule fois, tout me semblait plus profond avec elle. Le fait que je ne cesse de penser à elle n'aidait pas non plus. Ou combien il avait été bon d'être en elle et de m'endormir en la tenant dans mes bras ensuite. J'étais en train de tomber amoureux de cette femme, quand bien même je n'étais pas certain qu'elle y soit prête, ou que *moi*, j'y sois prêt. Et je maudis en silence les doutes qui planaient encore dans mon esprit après avoir surpris ce foutu coup de téléphone.

Je n'étais pas comme ça ; pas du genre à croire qu'il fallait que je sache tout sur tout. Je n'étais pas le genre d'homme qui exigeait de la femme qu'il fréquentait qu'elle le tienne au courant des moindres détails de sa vie. Mais j'avais du mal à faire confiance. Et le fait que je me pose tant de questions au sujet de Gemma était un signal d'alerte retentissant. Je commençais à m'attacher à elle.

———

J'eus un mal fou à me concentrer lorsque j'assistai au cours de Gemma à l'auberge, le lendemain soir. Elle nous parla d'une voix calme et apaisante tout du long et ne posa pas la main sur moi une seule fois. Et pourtant, chaque fois que je lui lançai un regard, je ne pouvais m'empêcher de penser au fait que je connaissais la moindre courbe de son corps plus intimement que n'importe qui d'autre. Je savais comment elle réagissait lorsqu'elle jouissait. Et mon corps savait ce qu'il voulait ; elle, sous toutes les coutures et dans les moindres détails. Oublier Gemma, ne serait-ce qu'un instant, me semblait être une tâche impossible.

Le fait qu'Harley se soit installée à côté de moi ne m'aidait pas franchement à me changer les idées. Elle fit quelques commentaires durant le cours, et même si j'avais beau adorer ma sœur, elle pouvait être sacrément chiante quand elle s'y mettait.

Quelque temps après le cours, après que Daphné eut emmené Gemma dans une chambre inoccupée afin qu'elle puisse se doucher et se changer, et après que je me fus fait violence pour ne pas aller la rejoindre, nous nous retrouvâmes dans la cuisine.

J'avais l'impression d'être attiré par Gemma comme un aimant. Mais je saurais être impassible. J'étais assis au comptoir, m'efforçant d'ignorer les regards appuyés de ma sœur. J'ignorais si elle avait prévu d'interroger Gemma pour la faire fuir ou si elle voulait au contraire que je puisse avoir une chance. Tout ce que je savais, c'était que son comportement commençait à me taper sur les nerfs.

La présence de Gemma me fit l'effet d'une brise fraîche lorsqu'elle me rejoignit au comptoir. Son odeur emplit mes narines et me fit tourner la tête. Je la regardai, un sourire aux lèvres.

Une lueur embrasa son regard lorsque nos yeux se trouvèrent. Ses cheveux étaient encore un peu humides, et je regrettai de ne pas avoir pu me doucher avec elle.

— Coucou, me dit-elle d'une voix douce.

— Coucou. Ton cours était génial.

Aucune conversation n'étant privée à l'auberge, Gabriel intervint :

— Je suis bien d'accord. Tu vas vraiment venir toutes les semaines ? Parce que ce serait de la bombe.

Gemma sourit.

— Tant que les cours pour les clients restent pleins, je viendrai toutes les semaines, oui.

Nora approcha, les mains posées sur le comptoir en face de nous.

— Ça veut dire qu'il faut aussi que les cours pour les employés restent pleins, non ?

Gemma pencha la tête sur le côté.

— J'imagine, oui. Mais bon, une fois que je suis là, je suis là. Je peux bien rester une heure de plus, même si c'est pour un petit groupe.

Je lançai un regard à côté de moi et pris note du regard noir que Gabriel lançait à Nora. Ç'aurait été difficile à manquer. Elle l'ignorait complètement depuis leur dispute, et les choses étaient plus que tendues entre eux, ces derniers temps. Ils s'évitaient comme la peste, ce qui était sans doute pour le mieux.

Nora se détourna de Gabriel, les lèvres pincées et les joues rouges. Elle se tourna vers Gemma.

— Je viendrai, moi. Et je pense continuer à venir à tes cours en ville au moins une fois par semaine. Ça me permettra de me changer les idées.

Daphné passa à côté de nous, un plateau dans les bras.

— Le dîner est prêt ! Allons nous installer à table puisqu'il n'y a que nous ce soir.

— Vous ne mangez pas à table d'habitude ? demanda Gemma.

— Pas quand les clients mangent à l'auberge. Généralement on dîne à la cuisine dans ce cas-là, expliquai-je.

Nous allâmes nous asseoir pour déguster un fabuleux dîner : saumon laqué au citron, miel et ciboulette, légumes sautés et riz. Le paradis.

— Oh mon dieu, gémit Gemma après quelques bouchées. Heureusement que je ne mange pas ici tous les jours, je prendrais du poids.

Daphné lui sourit. Harley se tint tranquille pendant le dîner, confiant à Gemma qu'elle hésitait à reprendre ses cours à la fac.

Ma sœur avait beau gagner sa vie correctement avec son travail de transcription et traduction, elle réfléchissait depuis longtemps à retourner à l'université pour décrocher un diplôme.

— J'en sais trop rien. Je sais qu'il est important d'avoir un diplôme dans certains domaines, mais je crois que dans ton industrie, ce qui compte le plus c'est l'expérience. Cela dit, le plus important reste que tu fasses ce que tu as envie de faire. Moi, j'ai un diplôme et je ne m'en sers même pas.

— Sérieux ? demanda Harley d'un air surpris.

Gemma haussa les épaules.

— Ouais. J'ai fait une licence de médecine du sport, mais ça ne m'a pas vraiment plu. Je préférais de loin enseigner le yoga. Alors bon, je me sers bien de certaines des choses que j'ai apprises en cours, mais je n'ai pas besoin de diplôme pour faire ce que je fais. Et je ne me vois pas du tout reprendre des études.

Une fois le dîner terminé, je raccompagnai Gemma à sa voiture. J'étais en train de me demander si je n'allais pas la suivre jusque chez elle et la convaincre de me laisser passer la nuit avec elle lorsqu'un grognement se fit entendre dans les bois.

Je me tournai et vis une maman élan et deux faons qui couraient derrière elle. Rien de bien grave en soi. Ce fut surtout l'ours brun qui les suivait qui me glaça le sang.

Gemma et moi nous tenions au milieu du parking, entre l'auberge et les véhicules garés tout au bout. Je l'empoignai par le coude.

— Viens, la hâtai-je.

Heureusement pour nous, l'ours ne nous avait pas encore repérés. Je la menai entre deux véhicules. Gemma tremblait comme une feuille.

— Oh bordel, oh bordel, murmura-t-elle à toute vitesse. Ça m'avait suffi de voir les deux gros ours empaillés de l'aéroport, je n'avais pas franchement envie d'en voir un de près.

— Je comprends. Ne parle pas trop fort. On va se réfugier dans ce pick-up.

L'ours s'était arrêté juste au bord du parking. J'ignorais s'il nous avait entendus ou avait perçu un mouvement, mais sa tête gigantesque se tourna soudain vers nous.

Flynn sortit de l'auberge à ce moment-là, un fusil à la main. Son regard croisa le mien, et il leva la tête.

— Qu'est-ce qu'on fait ? me souffla Gemma.

Je ne répondis pas. Je me contentai de glisser la main sur la poignée de l'un des pick-up de l'auberge et j'ouvris la portière, la jetant presque à l'intérieur. Je grimpai derrière elle aussi rapidement que je le pus, l'ours me manquant de peu lorsque je lui claquai la portière au museau.

— Oh bordel, répéta Gemma, la voix tremblante.

— Ça va aller, lui assurai-je.

Je lançai un regard derrière moi et repérai l'ours à l'arrière du pick-up. Flynn avait levé son fusil et tiré plusieurs coups de feu dans les airs pour le faire fuir.

— Il va partir, il faut juste attendre un peu, dis-je à Gemma.

Nous étions montés dans le pick-up si vite qu'elle était assise sur le frein à main. Je l'aidai à s'installer sur le siège passager alors qu'elle me fixait, les yeux écarquillés.

— C'était complètement dingue.

— Oui et non. Ce ne sont pas les élans et les ours qui manquent, dans le coin. Cela dit, je n'avais jamais vu un ours de si près. Je préfère garder mes distances, d'habitude.

Je me tournai et constatai que l'ours traînait encore près du pick-up. Flynn tira un nouveau coup de feu dans les airs, attirant enfin l'attention de l'ours qui tourna lentement la tête vers l'auberge. Nous nous tûmes et regardâmes l'ours qui s'éloignait en prenant tout son temps. Gemma poussa un soupir soulagé en voyant sa croupe disparaître à travers les arbres.

Puis elle se tourna vers moi.

— Et si on passait la nuit dans ce pick-up ?

Je ris.

— Pas besoin de se précipiter pour sortir. Il faut au moins attendre quelques minutes.

— Tu crois que ça ira, pour l'élan et ses bébés ?

Elle lança un regard inquiet vers l'endroit où ils avaient disparu.

— Peut-être, peut-être pas. Cela dit, les faons ne sont pas des cibles faciles pour un ours quand ils sont accompagnés par leur maman. Notre intervention est bien tombée, je pense. Et l'ours n'est pas parti dans la même direction que les élans, donc ils vont sûrement pouvoir le semer.

— C'était un mâle, selon toi ? demanda-t-elle en se tournant vers moi.

— Pas la moindre idée, mais les femelles ont souvent des petits à cette époque de l'année. Je n'en ai pas vu donc c'est probable, oui.

Mon téléphone vibra dans ma poche. Je le sortis et lançai un regard à l'écran. Constatant qu'il s'agissait de Flynn, qui m'appelait depuis le pas de la porte de l'auberge, je décrochai.

— Beau travail.

Il rit.

— Heureusement qu'il s'est tiré. J'imagine que vous n'êtes pas pressés de sortir de là ?

— Je pense qu'on va attendre un peu.

— Et Gemma, ça va ?

Je lui lançai un regard et dis :

— Flynn veut savoir si ça va.

— Oui, ça va.

Elle secoua la tête, encore un peu remuée par les événements.

— Ça va, au cas où tu n'aurais pas entendu sa réponse. Tu devrais aller dire aux autres d'attendre un peu avant de sortir.

— Bonne idée. On se voit quand tu rentres.

Je posai mon portable sur le tableau de bord et jetai un regard aux arbres derrière lesquels l'ours avait disparu.

— Tu crois qu'on devrait attendre combien de temps ? me demanda Gemma.

Je haussai les épaules.

— Au moins cinq minutes. Juste histoire d'être sûrs qu'il ne revienne pas.

Elle s'enfonça dans son siège, la tête tournée vers moi.

— Sacrée soirée.

Nous étions simplement assis là, dans ce pick-up. Ce pick-up qui n'était même pas le mien. Les raisons qui nous avaient poussés à y monter étaient amusantes, bien que quelque peu terrifiantes. Mais je me foutais de tout ça, à cet instant. Quelque chose s'était embrasé, à l'intérieur de moi.

Nous nous fixâmes en silence et je sentis notre désir emplir l'habitacle à travers les portières et les fenêtres comme de la fumée, emplissant l'air autour de nous d'électricité. Le regard de Gemma s'assombrit, parfait reflet du désir qui m'animait. J'avais besoin de l'embrasser autant que de respirer.

Et c'est donc ce que je fis. Je me penchai et glissai la main dans son cou en faisant courir mon pouce sur sa lèvre inférieure. Nous nous fixâmes en silence, hypnotisés. Je savais déjà combien il serait bon de retrouver ses lèvres. Sa respiration affolée me fit l'effet d'un fouet qui sifflait dans l'air. Nos lèvres se trouvèrent, me foudroyant sur place.

Gemma soupira et je glissai la langue entre ses lèvres. Elle caressa la sienne dans une danse envoûtante. Je me délectai de la douceur de sa bouche, du moindre de ses gémissements, et je rugis.

Chapitre Vingt-Quatre

GEMMA

Embrasser Diego était si bon. La moindre de mes pensées disparut alors que sa langue dansait avec la mienne, que ses lèvres m'enivraient de désir à force de baisers et de petites morsures. Je n'aurais jamais imaginé pouvoir être à ce point excitée par un baiser. Diego était comme une drogue à laquelle je devenais de plus en plus accro à mesure que les secondes s'écoulaient. Je me délectai de chacun de ses baisers, de la façon dont ses lèvres séduisaient les miennes.

J'oubliai presque où nous nous trouvions. Jusqu'à ce qu'on toque à la vitre arrière du pick-up. Je ne savais même pas à qui il appartenait.

Nous nous séparâmes, le souffle court.

— On se calme, vous deux, appela la voix d'un homme.

Diego rit et me lança un regard désolé.

— Grant a besoin de son pick-up, on dirait.

— C'est le sien ? demandai-je, les pensées encore embrouillées.

— C'est celui de l'auberge, mais c'est Grant qui s'en sert le plus et c'est lui qui vient de toquer à la vitre, c'est sûr.

— Oh bordel, soufflai-je en me prenant la tête dans les mains.

— On ne faisait que s'embrasser, répondit Diego en me caressant le bras d'une main réconfortante.

Je relevai la tête.

— Je me perds rarement dans un baiser au point d'en oublier où je suis.

— Pareil pour moi, ma belle. Je pense qu'on ne risque plus rien avec l'ours, maintenant. Et si je te raccompagnais enfin à ta voiture ?

Je rassemblai ma dignité et sortis du pick-up. Grant était effectivement posté à l'arrière. Ainsi que Flynn, Daphné, Tucker, Nora et même Harley. Super, génial. La sœur de Diego savait que j'avais roulé un patin à son frère comme une pauvre adolescente travaillée par ses hormones, maintenant.

———

Ce soir ?

Diego venait de m'envoyer ce message. Deux petits mots. Et il n'en fallait de toute évidence pas plus pour affoler mon cœur et embraser mon corps d'excitation.

Il était absolument hors de question que je refuse. Parce que j'étais complètement accro à Diego. C'était un peu une nouveauté pour moi. Avec ce qui m'était arrivé au lycée, je n'avais pas franchement connu les petites amourettes et tout le reste. Mais c'était peut-être ma chance, qui sait. J'avais beau ignorer comment les choses allaient tourner, j'étais bien déterminée à saisir cette chance à deux mains.

Je tapai une réponse rapide : *Où et quand ?*

Diego : *La brasserie, à dix-huit heures ?*

Moi : *Parfait.*

Un peu plus tard, mes bras étaient enroulés autour de la taille de Diego alors qu'une brise iodée agitait mes cheveux. Il tourna sur une route qui courait le long d'une falaise, nous offrant une vue époustouflante sur la baie de Kachemak. La nature était d'une beauté incroyable en Alaska, et elle n'avait de cesse de me surprendre, qu'importe ce sur quoi je posais les yeux.

Nous étions en train de rentrer après notre deuxième dîner si longtemps reporté, et je me félicitai en silence d'avoir accepté que Diego vienne me chercher sur sa moto. Ce n'était pas grand-chose en soi, mais j'adorais ça. Il était déjà absolument renversant sans moto, mais il affolait ma féminité avec sa veste en cuir, son T-shirt et son jean noirs, et ses bottes usées.

Ma joue était pressée contre son dos et je savourai la sensation de la brise dans les cheveux qui dépassaient de mon casque. Nous n'allions pas très vite. C'était de toute façon impossible dans les environs de Diamond Creek, où les routes étaient étroites et sinueuses. Mais j'adorais la sensation de liberté que je ressentais à l'arrière de cette moto. C'était une expérience à la fois différente et similaire au fait de monter à cheval.

Nous avions dégusté un repas délicieux à la brasserie du coin. J'étais en train de me rendre compte que même si Diamond Creek était une petite ville, les touristes qui y affluaient en été nous permettaient d'y profiter de services de grande qualité. On pouvait y manger tout ce qu'on voulait ; de la restauration rapide à la grande cuisine, bien que je doutais qu'un seul restaurant de l'Alaska exige qu'on s'y rende sur son trente-et-un. Les habitants du coin boycotteraient sûrement un tel règlement.

Diego ralentit alors que nous approchions de la route qui menait à chez moi et je souris lorsque nous passâmes devant l'endroit où il s'était arrêté pour m'aider à récupérer Charlie lorsque ce dernier s'était enfui. Un moment plus tard, nous nous arrê-tâmes dans mon allée.

Je descendis de moto à contrecœur. J'avais tant aimé être pressée contre Diego. Je retirai mon casque et le lui rendis. Il le prit avant de le ranger dans le compartiment dissimulé sous son siège.

Charlie hennit doucement, posté au bord du champ à côté de l'allée. Shasta vint le rejoindre, nous regardant d'un air curieux, les oreilles relevées. Je me tournai pour les regarder et trébuchai sur un petit caillou. Diego m'empoigna aussitôt par l'épaule pour éviter que je tombe.

Ce contact était parfaitement innocent. Et pourtant, il embrasa mon corps, brûla ma peau à travers mes vêtements et me chamboula les sens.

— Ils ont faim ? me demanda-t-il en souriant.

Son regard plein d'envie affola les papillons dans mon ventre.

Sa main quitta mon épaule et je regrettai son contact aussitôt. Je me forçai à me concentrer et à me comporter normalement. Ce n'était pas un obsédé, lui. Comme s'il voulait me ramener à la réalité, Charlie hennit de nouveau, cette fois avec une pointe d'impatience.

— Sûrement. Je suis rentrée de mon dernier cours une demi-heure à peine avant que tu passes me chercher, donc ils attendent encore de manger.

— Je vais te donner un coup de main, dit-il en lançant un regard aux chevaux.

— Ça ne te dérange pas ?

— Bien sûr que non. Je les adore. Allez, viens. On va pas les faire attendre plus longtemps.

Diego me prit la main alors qu'il me menait à la grange. Je lui fis signe de me suivre dans la pièce où le foin était rangé.

— On va mettre du foin dans les box avant de les rentrer pour la nuit.

Je me tournai et surpris son regard sur le mur juste à côté de la porte, le mur contre lequel il m'avait baisée. Puis ses yeux trouvèrent les miens et je rougis furieusement.

— Dis-moi quoi faire, dit-il, un sourire aux lèvres.

J'avais l'impression de percevoir un sous-entendu salace à ses mots mais je choisis de l'ignorer, me contentant de lui expliquer comment nourrir les chevaux.

— Shasta prend un médicament tous les jours, expliquai-je.

Je pointai du doigt les seaux alignés près de la porte.

Il m'avait fallu quelques semaines, mais j'avais fini par trouver un système pour faciliter la préparation des repas des chevaux, avec des seaux étiquetés pour chacun.

— Noisette mange du haut de gamme, expliquai-je en pointant du doigt l'un des seaux.

Diego regarda à l'intérieur, un sourcil haussé.

— C'est de la nourriture végane, expliquai-je.

— Je vois, répondit-il.

Nous installâmes les seaux de granulés dans les box, après quoi Diego y jeta du foin, et je fis rentrer les chevaux.

— Et maintenant ? demanda-t-il.

— Je les laisse manger pendant une heure normalement. Ils finissent avant parfois, mais j'aime bien les laisser tranquilles un moment pour qu'ils digèrent avant de les remettre dehors.

— On peut en faire des choses, en une heure.

Il prit ma main dans la sienne et m'approcha de lui. Il n'en fallut pas plus pour me mettre le feu. J'étais pressée contre son corps puissant alors qu'il déposait des baisers dans tout mon cou, m'arrachant de violents frissons.

Il fallait que je me rende à l'évidence : j'étais loin d'être douée pour me donner un air détaché. Diego me faisait un effet *fou*, et il avait le don pour me faire fondre en quelques baisers à peine.

— Comme quoi ? murmurai-je.

Diego leva la tête.

— En fait je suis en train de me demander si on va avoir assez de temps.

— Tu n'as pas répondu à ma question, dis-je alors qu'il se tournait.

Une vague de déception me traversa lorsqu'il s'écarta en me tendant la main. Je voulais plus de baisers, je voulais plus de... *tout*. Il se dirigea vers la sortie de la grange à grandes enjambées, ne s'arrêtant qu'un instant à peine pour en fermer la porte.

— Comme te ravager.

— Me ravager ?

Il me fit un sourire coquin qui enflamma toutes mes terminaisons nerveuses.

— En toute sincérité, je crois que c'est la première fois que j'utilise ce mot à voix haute.

Je ris alors que nous traversions le parking en courant presque. Nous gravîmes les marches qui menaient à la maison d'un bond et lorsque je trébuchai de nouveau, Diego me rattrapa en m'empoignant par les hanches.

— Attends.

Ce n'était qu'un simple mot, qu'une requête, mais elle me donna presque l'impression d'un ordre. Je lui obéis sans discuter et m'arrêtai en lui lançant un regard par-dessus mon épaule. Il était à une marche de moi.

— Reste là, me demanda-t-il.

Il fit courir ses mains le long de ma taille et je restai figée, vibrant presque de désir. Mon sexe était trempé entre mes cuisses mais j'étais trop hypnotisée pour le remarquer. Il était rare que je sois excitée à ce point, surtout lorsque je montais les escaliers.

Il glissa l'une de ses mains sous mon chemisier, remontant mon débardeur légèrement. Ses lèvres chaudes se posèrent sur ma nuque, encore et encore alors qu'il remontait mon haut de plus en plus. Mes jambes tremblaient, et je peinais à reprendre mon souffle alors que mon cœur battait à tout rompre, comme des chevaux dont les fers battaient le sol alors qu'ils trottaient dans un champ.

Un gémissement quitta ma gorge lorsqu'il déposa un autre baiser ardent sur ma peau. Il s'écarta, et je regrettai aussitôt ses caresses.

— Diego.

Son nom n'était qu'une supplique murmurée sur mes lèvres.

Et il me poussa à l'intérieur. Ce qui suivit affola mes sens. La porte qui claquait. Nos vêtements qui s'échouaient par terre dans un pêle-mêle de bruits ; une chaussure qui tombe, mon chemisier qui flotte dans les airs. Sans oublier les mains de Diego sur ma peau, ses lèvres impatientes qui taquinent mon cou.

Je n'étais rien d'autre qu'une boule de sensations et de désir.

J'en voulais plus, plus et encore plus de Diego et de ses caresses magiques.

Nous trébuchâmes soudain dans ma chambre. La lumière s'alluma automatiquement, emplissant la pièce d'une lueur tamisée. Diego me retourna lorsque nous atteignîmes mon lit. Ma respiration était affolée et je le fixai comme un animal sauvage.

— Ce que t'es belle putain, rugit-il en se penchant pour me donner un nouveau baiser passionné.

L'une de ses mains possessives effleura mon ventre tandis que l'autre se posait sur mon sein, son pouce taquinant mon téton tendu. Je constatai, surprise, que j'étais déjà complètement nue.

Je n'étais pas ailleurs au point de ne pas avoir remarqué que nous nous déshabillions, mais je n'y avais pas vraiment prêté attention non plus. Diego était nu, lui aussi, et je pouvais sentir la caresse veloutée de son désir contre ma hanche. Mon sexe pulsa. Je voulais le sentir en moi. *Sans attendre.*

Impatiente, je glissai la main entre nos deux corps pour empoigner son manche chaud. Sa queue pulsa entre mes doigts, et un frisson de satisfaction me parcourut à l'idée que j'avais un tel effet sur lui.

— Ralentis, je veux prendre mon temps cette fois, murmura-t-il contre ma peau.

La caresse de ses lèvres me fit frissonner de nouveau.

Mon désir était tel un feu de joie qui ne faisait que grandir à chaque seconde. Je grognai de protestation et il rit.

— C'est moi qui mène la danse cette fois.

J'avais beau brûler d'impatience, je m'offris à Diego parce que je lui faisais entièrement confiance et que je le désirais plus que j'avais jamais désiré un homme.

Il m'allongea sur le lit, ses lèvres déposant une volée de baisers brûlants sur mes seins et mon ventre. Des étincelles me picotèrent la peau alors qu'il écartait mes cuisses tout doucement. Puis il en embrassa l'intérieur et je tremblai d'une envie si intense que je ne pus retenir un hurlement lorsqu'il lécha enfin mon sexe trempé.

Il plongea un doigt, puis un autre en moi et j'agitai les hanches contre lui alors qu'il me faisait l'amour avec ses doigts et sa bouche, me menant à l'extase. J'ignorais combien de temps je tins avant d'exploser dans une vague de plaisir intense.

J'étais encore ivre de mon premier orgasme lorsque je le sentis se lever. J'ouvris les yeux.

— Où tu vas ? demandai-je d'une voix rauque.

— Chercher mon jean. J'ai besoin d'une capote.

Il s'éclipsa aussitôt et revint avant même que je puisse protester, glissant un préservatif sur son manche.

Je tremblai de plaisir en le sentant se glisser au-dessus de moi, et je savourai la sensation de son gland pressé contre ma féminité juste avant que son manche ne m'emplisse.

Sa main écarta les cheveux emmêlés sur mon front alors qu'il murmurait :

— Je veux te regarder.

Chapitre Vingt-Cinq

DIEGO

Gemma ouvrit les yeux lentement, son regard sombre trouvant le mien. Je pouvais sentir son cœur battre la chamade contre mon torse. Son corps tremblait encore après son orgasme, et sa féminité était tendue autour de ma queue.

Je vis sa langue courir le long de sa lèvre inférieure alors qu'elle prenait une respiration tremblante. Et je l'embrassai, dévorant sa bouche alors que je m'enfouissais dans son sexe chaud et humide.

Le simple fait de me trouver en elle m'embarquait dans des rapides de plaisir et chaque coup de reins m'embrasait de l'intérieur. Elle glissa les jambes autour de ma taille, sa peau humide de transpiration alors que je la pilonnais. À bout de souffle, je levai la tête. Elle ouvrit les yeux et je la sentis se tendre de nouveau.

Je glissai la main entre nos corps entrelacés et caressai son clitoris, me délectant de son gémissement tremblant alors qu'un nouvel orgasme fracassant la traversait. Ma propre extase n'était plus très loin et je sentis une vague de chaleur monter en moi alors que mes muscles se tendaient. Mon orgasme surgit soudain et je jouis en elle, le corps parcouru de tremblements.

Je me laissai tomber contre elle brutalement. À peine

conscient, je roulai sur le dos et la pris dans mes bras tandis que je m'efforçais de reprendre mon souffle. Je redescendis bientôt sur terre et me délectai de ses courbes tentatrices contre les miennes et de son souffle chaud sur mon épaule. Je glissai les doigts dans ses cheveux et me redressai tout en la gardant blottie contre moi. Je n'avais aucune envie de la lâcher.

Enfin, elle leva la tête.

— Tu crois que ça fait une heure ?

Il me fallut une seconde pour comprendre où elle voulait en venir, et je ris.

— J'en doute. J'ai du mal à prendre mon temps avec toi.

Elle se mordit la lèvre, les joues rouges.

— Je trouve que t'as pas mal pris ton temps, moi.

Je me penchai pour l'embrasser de nouveau. Ma queue pulsa.

Bien trop tôt, elle me rappela qu'il était temps d'aller faire sortir les chevaux. Nous prîmes une douche rapide, après quoi nous nous rhabillâmes avant de mener les animaux dans le champ.

Une fois de retour à la maison, elle me confia qu'elle adorait les films de science-fiction. Nous en regardâmes un, puis nous rentrâmes les chevaux pour la nuit. Je fus tenté de ravager son corps dans la grange une nouvelle fois, mais je décidai que le lit était plus confortable.

Après ça, je passai une deuxième nuit incroyablement reposante. Je commençais à adorer dormir avec Gemma.

Le lendemain matin, je la trouvais de nouveau au téléphone lorsque je la rejoignis dans la cuisine. Ma curiosité fut piquée une deuxième fois.

— J'apprécie ton aide, Neal, mais je gère. Je vais appeler le bureau du procureur et leur dire que je suis prête à témoigner. Je te contacte si j'ai besoin de quoi que ce soit.

Pourquoi diable parlait-elle du procureur et d'un témoignage ? Je maudis les doutes qui s'immisçaient dans mon esprit. Je n'avais aucune envie de me montrer indiscret, aussi je ne posai pas de question lorsque je m'assis pour déguster un autre petit-déjeuner succulent. Je ne pus résister à l'envie de lui donner un baiser passionné alors qu'elle se tenait à côté de ma moto avant que je parte.

Je retournai à l'auberge, tenté d'envoyer un message à Gemma pour lui demander si je pouvais passer chez elle ce soir. Bien qu'il ne m'était pas interdit de ramener quelqu'un à l'auberge, je n'avais pas franchement envie de lui donner l'impression d'être passée au microscope. J'avais trois meilleurs amis curieux, et une sœur plus curieuse encore à la maison.

J'étais tout juste entré dans la cuisine de l'auberge pour y prendre un autre café lorsqu'Harley sortit du garde-manger d'un pas furieux.

— Je peux savoir pourquoi un putain d'avocat m'a appelée ?

— Comment je suis censé le savoir ? Pourquoi tu me demandes ça à moi ?

Je me servis une tasse de café avant de reposer la cafetière. Puis je me tournai et m'appuyai contre le plan de travail pour en boire une gorgée.

— Un avocat m'a laissé un message vocal pour me dire qu'il voulait me parler d'un truc en rapport avec Gemma.

Je baissai ma tasse, le ventre noué d'angoisse.

— Quoi ?

Harley prit son téléphone et elle me fit écouter le message vocal.

— Bonjour, je cherche à joindre Harley Jackson. Je suis Tom Johnson, avocat basé à Portland. Je crois savoir que vous connaissez Gemma Marlon. Nous avons quelques questions à vous poser au sujet d'une affaire en rapport avec elle ; j'aurais espéré que vous pourriez me donner des informations.

— C'est quoi ce bordel ? marmonnai-je alors qu'elle rangeait son téléphone.

— C'est exactement ce que je me suis dit, répondit-elle d'une voix sèche.

Je sortis mon téléphone pour appeler Gemma lorsqu'Harley m'arrêta, la main posée sur mon avant-bras.

— Ne l'appelle pas tout de suite. Il faut d'abord qu'on découvre ce qui se passe.

Daphné entra dans la cuisine, son regard aiguisé arpentant la pièce.

— Qu'est-ce qui se passe ? demanda-t-elle en venant se servir une tasse de café.

— On m'a laissé un message vocal hyper chelou au sujet de Gemma, expliqua Harley.

Elle le fit écouter à Daphné.

Daphné fronça les sourcils en nous regardant tour à tour d'un air inquiet.

— C'est vraiment bizarre, effectivement. Tu ne connaissais pas Gemma avant de venir ici, si ? demanda-t-elle à Harley.

— Non, c'est bien pour ça que je me demande pourquoi ils m'appellent. Moi, tout ce que je sais, c'est que Diego la kiffe et qu'elle donne des cours de yoga sympas.

Je maudissais ce que je ressentais ; cette confusion emplie de questions.

— Je crois qu'il faut qu'on parle de tout ça à Gemma, répondit Daphné d'une voix ferme.

— Je ne suis pas d'accord, intervint Harley en secouant la tête. Qu'est-ce que tu sais sur elle ?

Daphné, qui n'était pas du genre à se laisser marcher sur les pieds, lança un regard noir à ma sœur.

— Pas grand-chose mais je lui fais confiance. C'est bizarre, tout ça. Je ne vois pas pourquoi un avocat t'appellerait pour te parler d'elle. Et toi, tu ne comptes pas l'appeler ? me demanda Daphné en se tournant vers moi.

Les vestiges du bonheur qui m'habitaient encore après cette agréable soirée avec Gemma volèrent en éclat. J'avais l'impression qu'on m'avait jeté un seau d'eau en plein visage. Ma trahison passée m'avait rendu plus que méfiant envers les femmes. Et même si elle ne s'en doutait pas un seul instant, Gemma venait de faire remonter mes mauvais souvenirs à la surface. Dans ma tête, une sonnerie d'alarme hurlait.

— J'en sais rien, répondis-je enfin, avec l'impression d'être un connard fini.

Daphné me fixa en silence, troublée.

— Je croyais que vous étiez ensemble.

— On est sortis dîner deux fois, contrai-je, renforçant mon impression.

Même si cela était techniquement vrai, ce qui s'était passé entre nous n'était pas sans conséquence. C'était justement ça, le problème.

Daphné haussa les sourcils alors qu'Harley me lançait un regard interrogateur. Enfin, Daphné soupira.

— Comme tu voudras. En attendant, Gemma est mon amie donc je vais l'appeler pour lui parler de tout ça. Mais j'imagine que tu t'en fous.

Daphné me lança un regard dédaigneux avant de s'éclipser, me rappelant pourquoi Flynn la surnommait « princesse ». Je fus tenté de la suivre et de lui dire que j'appellerais Gemma pour lui en parler, mais je restai figé sur place. Agacé par mon propre comportement et la situation, je pris ma tasse à café que je vidai d'une traite avant de quitter la pièce. J'avais peu de temps devant moi ce matin avant de me rendre à l'aérodrome. Je n'étais rentré que pour me changer et récupérer mon sac. Mais je commençais à regretter.

Chapitre Vingt-Six

GEMMA

— Pardon, tu peux répéter ? demandai-je en me redressant.

— Harley a reçu un message vocal vraiment bizarre, m'expliqua Daphné. Je vais te le répéter, attends, je l'ai écrit. « Bonjour, je cherche à joindre Harley Jackson. Je suis Tom Johnson, avocat basé à Portland. Je crois savoir que vous connaissez Gemma Marlon. Nous avons quelques questions à vous poser au sujet d'une affaire en rapport avec elle ; j'aurais espéré que vous pourriez me donner des informations. »

Mon ventre se noua sous le coup de l'angoisse et une vague de nausée me traversa.

— Tu sais qui c'est, cet avocat ? s'enquit Daphné.

Je ravalai la boule qui me serrait la gorge et pris une grande inspiration avant de répondre :

— Oui. Mon passé me rattrape, on dirait.

— Tu veux qu'on se voie pour parler ?

— Je crois que c'est pour le mieux, oui. Tu veux bien me retrouver au Misty Mountain ?

— J'y serai d'ici une demi-heure, répondit Daphné.

———

Je bus une gorgée de café et savourai son arôme puissant. Nerveuse, je fis courir mon doigt le long du rebord de la table en me demandant quand Daphné allait arriver. Je me sentais exposée, assise seule à cette table. Comme si tous les clients du café étaient au courant de mon passé et des événements qui avaient entaché ma vie.

Cammi avait été adorable, comme toujours, et elle m'avait préparé mon café en quatrième vitesse tout en discutant avec d'autres clients. Bien qu'elle n'en avait pas fait le moindre commentaire, j'avais l'impression qu'elle avait remarqué que quelque chose clochait chez moi. Et c'était effectivement le cas. J'étais hantée par la honte, poursuivie par le chaos et épuisée. Je ne contrôlais plus rien, et je maudissais en silence le sentiment d'impuissance qui me poursuivait.

— Tu veux goûter ? me demanda Cammi en me rejoignant à la table où j'étais assise.

Je lançai un regard au plateau qu'elle tenait, où reposait un assortiment de pâtisseries. Je n'avais pas franchement faim, mais je me forçai.

— Pourquoi pas, dis-je, soulagée de constater que ma voix semblait normale. C'est quoi ?

— Il y a un peu de tout. Je teste des nouveautés pour le menu. On a du salé, avec des feuilletés aux épinards, poivron rouge et feta, et d'autres au jambon et gruyère. Et il y a aussi du sucré, avec une tartelette pomme, myrtilles et sureau.

— Je peux en goûter deux ? demandai-je.

Mon appétit s'était réveillé, tout à coup.

— Bien sûr, répondit-elle en me donnant une feuille de papier. Dis-moi ce que tu préfères. Je fais ça comme une vraie scientifique.

Je lançai un regard à la feuille qu'elle m'avait donnée, où étaient notés les noms des pâtisseries salées et sucrées, avec un espace pour des notes.

— Finalement, je crois que je vais tout goûter.

Les pâtisseries étaient relativement petites, après tout.

— Fais-toi plaisir.

Elle me donna une assiette où elle déposa les pâtisseries avant de demander,

— Comment ça va ?

Je forçai un sourire.

— Ça va, et toi ?

Je me félicitai en silence de réussir à tenir une conversation normale en dépit du fait que mes souvenirs les plus sombres étaient soudain revenus me hanter, sortis de nulle part.

— J'ai beaucoup de travail mais c'est la vie, répondit-elle. N'hésite pas, si tu as besoin de quoi que ce soit.

Cammi alla à une autre table et, un instant plus tard, Daphné entra dans le café. Elle me fit signe avant de se diriger vers le comptoir. Je commençais à avoir très faim, aussi je me mis à déguster les pâtisseries.

Daphné prit place devant moi quelques minutes plus tard, un sourire aux lèvres.

— Coucou. J'ai entendu dire qu'on testait des nouveautés du menu, aujourd'hui.

— Je suis une critique miteuse, répondis-je. Tout me semble délicieux.

— Ça ne fait pas de toi une mauvaise critique, contra Daphné d'un ton rassurant. Parfois tout est *vraiment* délicieux.

Elle examina la liste que Cammi m'avait donnée, un sourire fier aux lèvres.

— Elle essaie ce que je lui ai suggéré.

— Ah, c'est pour ça que tout est bon, alors.

Daphné leva les yeux au ciel.

— Tout le monde n'a pas les mêmes goûts, tu sais. On s'est vues pour discuter de ce qui pourrait plaire comme elle a envie d'actualiser le menu. Je trouve ça marrant de l'aider à mettre au point des variations originales de classiques, des choses qu'elle pourra préparer à partir d'ingrédients de saison du coin.

Nous discutâmes un moment encore du menu, le petit accent du sud de Daphné apaisant mes nerfs alors qu'elle écrivait des commentaires détaillés sur sa feuille de papier. Lorsqu'elle évoqua enfin ce qui nous avait amenées ici, j'étais un peu plus calme qu'à mon arrivée.

— Alors, dis-moi ce qui t'arrive, demanda-t-elle d'une voix douce. Il était vraiment bizarre, ce message qu'Harley a reçu.

Je bus une gorgée de café, ayant bien besoin d'un peu de courage liquide. Je pris une grande inspiration avant de répondre :

— Ça, pour être bizarre... Je connais effectivement cet avocat, mais pas parce que c'est le mien. Il m'a aussi contactée pour me demander de témoigner en faveur de mon ancien coach de softball du lycée.

Daphné acquiesça.

— D'accord, et pourquoi ça ?

Le plus difficile restait à venir. Qu'importe combien les gens pouvaient être prévenants, personne n'aimait entendre ce genre d'histoires. J'avais appris à mes dépens que certains préféraient ne pas connaître la vérité du tout et qu'ils préféraient qu'elle reste dans les ombres afin de ne pas venir les déranger. Enfin, à moins que la vérité ne les arrange.

— J'adorais le softball, à l'époque. J'étais très douée. On a remporté le championnat régional deux fois.

— C'est super, non ? demanda Daphné d'un air hésitant.

— Oui, bien sûr. Ce qui l'était moins, c'étaient les abus sexuels que notre coach nous faisait subir, à moi et à certaines des autres filles. Je n'ai jamais rien dit, jusqu'au jour où je l'ai surpris avec l'une de mes meilleures copines.

Daphné écarquilla les yeux en se penchant pour poser sa main sur la mienne.

— Oh mon Dieu, c'est terrible. Je suis vraiment désolée. Et qu'est-ce qui s'est passé, ensuite ?

Daphné semblait vraiment inquiète et touchée. Une vague de soulagement me traversa et je pris une autre grande inspiration, rassurée par son calme.

— On a décidé ensemble de tout dire à nos parents et ils sont allés à l'école. Toutes les filles de l'équipe ont été interrogées. D'autres victimes se sont manifestées, mais pas toutes. C'était un vrai bordel. Mais il ne s'est rien passé ensuite. Il a continué à entraîner l'équipe. J'ai perdu plusieurs copines, certaines dont j'étais très proche. C'était compliqué pour tout un tas de raisons, surtout parce que ce qui nous avait rassemblées était désormais brisé.

Ma voix tremblait un peu malgré moi.

Daphné acquiesça d'un air encourageant et je poursuivis donc :

— Je me suis blessée quand j'étais en terminale et j'ai dû quitter l'équipe. J'avais toujours adoré monter à cheval, du coup j'ai commencé à faire ça plus souvent. Mon coach, de son côté, a continué à entraîner et j'ai eu l'impression d'avoir fait tout ça pour rien. D'avoir mis le bordel dans ma vie sans que ça en vaille la peine.

Daphné soupira.

— Je suis vraiment désolée. Bordel, j'ai l'impression d'entendre ce genre d'histoires tout le temps.

Je haussai les épaules.

— Parce que ça arrive tout le temps, dis-je sans prendre la peine de dissimuler mon amertume. Il a décroché un travail encore mieux payé plus tard, et il est allé entraîner des équipes à la fac, jusqu'à ce qu'une enquête soit enfin ouverte. Les choses sont un peu différentes aujourd'hui, les gens sont plus sensibles à ce genre de choses. Il a été inculpé pour la toute première fois. Le bureau du procureur m'a contactée pour savoir si je serais prête à témoigner au procès. Ils pensent que ça pourrait aider. J'imagine qu'ils ont dû contacter certaines de mes anciennes copines aussi. On n'est pas restées en contact alors j'en sais rien. Tout ça s'est passé il y a plus de dix ans maintenant.

— Qu'est-ce que tu vas faire, alors ?

— Je n'arrivais pas à me décider jusqu'à ce que son avocat m'appelle. L'avocat qui a laissé ce message à Harley. Quand il m'a appelée, je me suis dit « et puis merde, je ne vais pas les laisser me manipuler ». Sauf que je suis complètement paniquée, mainte-nant. Comment est-ce qu'il savait que je connaissais Diego ? Et Harley ? Je suis venue ici pour prendre un nouveau départ. Alors bon, ma vie n'était pas en ruines, mais tout ça me pesait quand même beaucoup, et voilà que ça me rattrape. Je commençais enfin à tourner la page, à aller mieux.

Daphné me serra la main avant de s'appuyer contre le dossier de sa chaise.

— Je sais ce que ça fait, crois-moi. Je n'imagine même pas ce que tu as ressenti quand cet avocat t'a appelée. Ce genre de chose arrive souvent dans les affaires ultra plébiscitées. Les avocats n'hésitent pas à faire tout ce qu'ils peuvent pour faire peur aux témoins. Je ne sais pas comment il a découvert que tu connaissais Diego, mais je ne pense pas que ce soit le plus impor-tant, là, maintenant.

Je me penchai, le menton posé dans ma paume.

— Je n'ose même pas imaginer ce que Diego doit penser. Je n'ai pas franchement envie de lui raconter tout ça, pour être honnête. Ce n'est pas le plus engageant quand on commence à fréquenter quelqu'un. Je ne suis même pas sûre qu'on se fréquente, d'ailleurs.

J'étais sincère, même s'il m'était impossible d'oublier ce que je ressentais lorsque nous étions ensemble. Ce que je vivais avec Diego n'avait rien d'un simple coup d'un soir. Mais voilà que l'horreur de mon passé me rattrapait. Encore. Tout ça me fatiguait.

Daphné me scruta en silence un moment.

— Je n'ai aucun moyen de savoir ce que Diego et toi avez dans le cœur, bien sûr. Ce que je sais, par contre, c'est qu'il t'aime beaucoup, alors dis-lui ce qui s'est passé. Tu n'as rien fait de mal. Et je te conseille aussi de prendre un avocat. Si l'avocat de ce type n'a pas honte de mettre son nez dans tes affaires et d'inter-férer comme ça, il va te falloir quelqu'un pour le recadrer. Ah, et il faudrait aussi que tu préviennes le bureau du procureur. Ils pourront sûrement faire quelque chose. Non mais quel connard, ce type, s'agaça-t-elle.

— Je ne sais pas si « connard » suffit à le décrire, marmonnai-je.

— N'oublie pas que tu as tourné la page sur tout ça, me dit-elle d'une voix ferme. Tu n'as jamais laissé ce qui s'est passé définir ta vie, et il est hors de question que ça commence maintenant.

Les mots de Daphné résonnèrent dans mon esprit pendant un moment ensuite. Elle avait raison. Il était *hors de question* que je laisse mon passé définir ma vie.

Mais cela ne changeait rien à la frustration que je ressentais ; au fait que ce que cet avocat faisait me rendait furieuse. Il fallait que je me réapproprie mon histoire. Parce que je n'allais pas laisser cet homme gâcher ma vie plus qu'il ne l'avait déjà fait.

Chapitre Vingt-Sept

DIEGO

— T'es sérieuse, là ? insista Harley, une main sur la hanche alors qu'elle fixait Daphné d'un air sceptique.

Daphné était en train de cuisiner, comme à l'habitude. C'était sa bulle de calme à elle, comme l'avion pour moi. J'en étais d'ailleurs ravi, puisque son amour de la cuisine ne faisait qu'embellir notre vie à tous.

J'attendis sa réponse, curieux. Contrairement à ma sœur, je préférais faire preuve de calme lorsque je me retrouvais dans une situation frustrante, et j'attendais généralement que les choses se passent. C'était la seule et unique façon de découvrir la vérité, selon moi.

Daphné éteignit la cuisinière avant de vider le contenu de sa poêle, un sauté de poulet, dans un plat. Puis elle leva la tête pour regarder Harley, avant de se tourner vers moi.

— Je n'ai pas le droit de raconter l'histoire de Gemma pour elle, c'est personnel. Je comprends pourquoi vous êtes curieux tous les deux, surtout avec ce message que tu as reçu, Harley, mais c'est privé. Je peux vous assurer que Gemma n'a rien fait de mal. Si vous voulez en savoir plus, allez lui en parler vous-même.

Harley souffla d'un air agacé.

— T'es sérieuse, là ? Tu passes l'après-midi avec elle et après, tu refuses de nous dire quoi que ce soit ?

Je ressentais toujours un profond besoin de protéger Gemma malgré les doutes qui planaient dans mon esprit.

— Calmos, Harley. Si c'est personnel comme Daphné le dit, elle a raison. C'est à Gemma de raconter son histoire.

Harley plissa les yeux en se tournant vers Daphné.

— Gemma t'a demandé de ne rien dire ?

Daphné leva les yeux au ciel avant de se tourner pour aller récupérer quelque chose dans le garde-manger.

— Pas en ces termes, non, mais j'aurais l'impression de colporter des ragots en vous en parlant, et ça me met mal à l'aise, répondit Daphné d'une voix ferme.

Elle n'était peut-être pas aussi entêtée que ma sœur, mais il était évident qu'elle ne changerait pas d'avis. Harley tenta de la convaincre à plusieurs reprises encore, en vain.

— Ça suffit, tu veux ? J'ai prévu d'aller au cours de Gemma en ville ce soir, j'en profiterai pour lui demander de t'appeler puisque tu n'es apparemment pas prête à te donner cette peine, commenta Daphné d'un air dur.

Harley se tourna vers moi comme si elle attendait que je harcèle Daphné à mon tour pour la faire changer d'avis. Je secouai la tête en lançant un regard à la porte. J'avais une lessive à faire, et je préférais de loin me concentrer sur mes corvées plutôt que de me retrouver coincé entre elles.

Je me frayai un chemin à travers les arbres en direction de la maison des employés, soulagé de la trouver vide. Il était rare que nous nous croisions en été, sauf peut-être le soir ou tôt dans la matinée. Notre planning de vol était bien trop chargé pour traîner à la maison. J'avais eu un vrai coup de bol d'avoir ma matinée de libre. L'avion que j'étais censé piloter aujourd'hui était cloué au sol à cause d'un problème mécanique. Flynn m'avait envoyé un message une heure plus tôt environ pour me faire savoir qu'il avait trouvé d'où venait le problème et que je pourrais assurer mes vols de l'après-midi. En attendant, j'avais du temps à tuer, ce qui tombait particulièrement mal.

J'étais complètement chamboulé depuis que j'avais entendu le message que cet avocat avait laissé à Harley. Je peinais à mettre de l'ordre dans mes pensées et mes sentiments pour Gemma étaient complètement embrouillés. Je montai dans ma chambre et rassemblai mon linge sale avant de lancer une machine, réalisant soudain qu'il allait falloir que j'attende qu'elle soit terminée pour avoir quelque chose à faire. Il allait falloir que je trouve de quoi m'occuper.

Je me laissai tomber sur le canapé en décidant de jeter un œil à ce qui passait à la télévision. Il ne fallut que quelques minutes à peine pour que je sois submergé par l'agacement. Mon téléphone vibra sur la table basse et je le récupérai, décrochant sans même lancer un regard à l'écran.

— Allô ?

— Bonjour, je cherche Diego Jackson, répondit une voix d'homme.

Je me demandai un instant pourquoi je reconnaissais cette voix avant de me rendre compte que c'était celle du répondeur d'Harley. Une vague de confusion, mêlée à de l'agacement, me traversa mais je décidai de ne pas raccrocher immédiatement.

— Oui ? dis-je.

— C'est bien monsieur Jackson ?

— Lui-même.

— Parfait. Il me semble que vous connaissez Gemma Marlon ?

— Mmh, répondis-je, sans m'engager.

— Vous allez peut-être trouver mon appel étrange, mais je travaille pour un cabinet d'avocats de Portland et mademoiselle Marlon doit témoigner lors d'un procès auquel je dois participer. Nous peinons à la contacter et nous cherchons donc à joindre ses proches.

— Même si je la connaissais, pourquoi est-ce que je vous

aiderais ? Avec tout ce dont on entend parler de nos jours, ce serait juste complètement con.

— Sachez qu'elle est citée à comparaître dans une affaire importante pour laquelle un célèbre coach universitaire est accusé. Nous aimerions être certains qu'elle sache dans quoi elle s'engage avant de décider de témoigner contre notre client.

— Il est accusé de quoi ce type, au juste ? demandai-je, curieux.

— Vous en avez peut-être entendu parler aux informations. Notre client est accusé d'attouchements envers plusieurs élèves. Son travail de coach compte plus que tout pour lui, et bien que nous sachions que les victimes ne sont généralement pas entendues par le public et le système judiciaire, cela ne veut pas forcément dire que tous les accusés sont coupables.

Mon ventre se noua. J'avais toujours détesté voir des gens riches et puissants se servir de leur position pour gâcher la vie des gens. Même si cela n'avait rien à voir avec le détournement mineur dont mes parents avaient été victimes, je n'avais pas oublié tout l'argent qu'ils avaient dû dépenser pour engager un avocat et porter l'affaire au tribunal.

Il était hors de question que j'aide cet homme.

— Vous appelez la mauvaise personne. Il est hors de question que je vous aide.

Je raccrochai et jetai mon téléphone sur la table basse, un soupir agacé aux lèvres. J'hésitais à contacter Gemma depuis le départ, mais il était grand temps que je discute avec elle pour découvrir ce qui se passait.

Je me forçai à attendre que ma machine ait terminé pour la transférer dans le sèche-linge avant de partir. J'aurais pu demander à Harley de s'en occuper, mais cela m'aurait forcé à discuter avec elle et je n'en avais aucune envie sachant qu'elle devait être d'humeur assassine.

———

— Maintenant, levez les bras, pressez les paumes et penchez-vous. On se détend et on tend les bras vers le sol. Pliez légèrement les genoux pour détendre les muscles du dos. Ne tendez les jambes que si cela ne vous fait pas mal.

La voix de Gemma me berçait, apaisante et mélodieuse. Je suivis ses instructions comme le reste des élèves, prenant une grande respiration alors que mon dos se détendait doucement. Lorsque j'avais vérifié les horaires de ses cours avec Daphné et découvert qu'elle donnait un cours à l'heure du déjeuner, j'avais presque couru en ville pour y arriver à temps. Je devais être au travail d'ici une heure, mais je voulais au moins essayer de discuter avec Gemma avant mon départ.

Mon emploi du temps avait été complètement chamboulé après la panne de ce matin, et on m'avait demandé d'emmener un groupe de touristes au parc national de Katmai, si bien que je serais parti pendant plusieurs jours.

Gemma nous fit faire encore quelques poses avant la fin du cours, que nous terminâmes allongés sur le dos, les mains posées à plat sur le sol. Une musique apaisante planait dans l'air alors que les élèves se séparaient un peu plus tard. Certains se hâtèrent de sortir, sans doute pour retourner au travail, mais j'attendis.

Gemma avait l'air tendue. Ses épaules étaient rigides et le coin de ses yeux légèrement pincé. Son sourire habituel était figé. Je profitai qu'elle discute avec une dame âgée pour aller aux toilettes. Lorsque j'en sortis, elle rangeait des tapis de yoga, la musique éteinte. Je balayai la pièce du regard rapidement, constatant que nous étions enfin seuls.

J'approchai et m'arrêtai à quelques pas d'elle.

— Gemma.

Elle se tourna vers moi brusquement, les yeux écarquillés.

— Oh, salut. Ravie de te voir.

Son ton était poli et dur.

— J'espérais qu'on pourrait discuter un moment, lui dis-je.

Je n'avais aucune envie d'avoir cette discussion avec elle, mais je ne voulais pas non plus passer mon temps à me demander pourquoi cet avocat appelait les proches de Gemma. Mon instinct me disait que ce n'était pas pour rien, s'il nous avait contactés, Harley et moi. Il devait sans doute croire que nous aurions moins de scrupules à lui délivrer des informations sur elle étant donné que nous l'avions tout juste rencontrée.

Gemma me scruta en silence, prudente.

— Bien sûr, qu'est-ce qu'il y a ?

— Tu as entendu parler du message que cet avocat a laissé à Harley ?

Elle acquiesça.

— Daphné m'a dit, oui. Dis à Harley que je suis désolée. C'est de ma faute bien sûr, mais j'avoue que j'ai du mal à comprendre pourquoi cet avocat appelle des gens que je connais à peine.

— Tu me connais bien, *moi*, répondis-je instinctivement.

Elle fronça les sourcils.

— Je crois, oui, dit-elle d'un air hésitant.

— Dis-moi ce qui s'est passé.

Elle détourna le regard, les lèvres pincées.

— C'est une longue histoire, et ce n'est pas le genre de chose que j'ai envie de raconter à un homme que j'apprends encore à connaître.

Son regard retrouva le mien, plein d'assurance. Elle releva la tête, les bras croisés sur sa poitrine.

— J'imagine que ça n'a pas dû faire plaisir à Harley de recevoir ce message.

Je haussai les épaules.

— Elle était surprise et elle n'a pas trop compris mais c'est tout. Daphné nous a dit que c'était personnel.

Gemma sembla hésiter.

— Je ne lui ai pas demandé de ne rien dire.

— Elle nous l'a dit, mais elle a aussi dit que selon elle, c'était à toi de raconter ton histoire. Alors je t'écoute. Ah, et sache que cet avocat m'a aussi appelé aujourd'hui.

Elle écarquilla les yeux, le souffle court.

— Quoi ? Qu'est-ce qu'il te voulait ?

— Il m'a dit vouloir s'assurer que tu savais dans quoi tu mettais les pieds et qu'ils avaient du mal à te joindre. Mon instinct me dit que c'est un con.

Elle se tendit, les poings serrés. Elle se détourna de moi un moment et, lorsque son regard trouva le mien, elle semblait à la fois triste et épuisée.

— Je faisais du softball au lycée. Mon équipe a remporté plusieurs championnats, m'expliqua-t-elle d'un ton détaché. Mais les choses ont mal tourné quand mon coach m'a embrassée et a essayé de me forcer à aller plus loin avec lui. Ne t'inquiète pas, il ne m'a pas violée, ajouta-t-elle rapidement.

Une vague de colère déferla en moi, mais je serrai les dents pour la maîtriser.

— Il n'y avait pas que moi. Je n'étais pas spéciale. Non pas que j'avais envie de l'être. J'aurais préféré qu'il ne pose plus jamais les yeux sur moi. Il s'en est pris à certaines de mes coéquipières aussi. On l'a dénoncé et une enquête a été ouverte, mais ça n'a rien donné. J'ai fini par tourner la page, et je me suis blessé le dos l'année suivante. On faisait toutes comme si de rien n'était à l'époque. On ne savait pas trop quoi faire d'autre étant donné que l'enquête avait été abandonnée. Bref. Un peu plus tard, il a décroché un poste à la fac, sans jamais changer ses habitudes. Et il a fini par être arrêté. Je n'étais pas sûre de vouloir témoigner, mais je crois que ma décision est prise. Mon frère pense que ce pourri d'avocat cherche à contacter mes proches pour me foutre la trouille et me dissuader de témoigner.

— Tu te fous de moi ? m'exclamai-je.

Gemma se tourna vers moi, impassible.

— Bien sûr que non. Tu viens de me dire qu'il t'avait appelé, toi aussi. Il va falloir que j'en parle à mon frère. Il est avocat. Avec un peu de chance, il pourra convaincre celui de ce pourri de me lâcher. Parce que je compte bien témoigner.

Elle se tut pendant un long moment.

Les battements affolés de mon cœur étaient assourdissants.

Les bras encore enroulés autour de sa taille, elle se tourna avant d'aller se poster devant les fenêtres. Je la suivis, comme si nous étions reliés par un fil invisible.

— Ce n'est pas franchement le truc qu'on veut découvrir sur une nana avec qui on est sorti à peine deux fois, marmonna-t-elle.

— La vie est faite d'épreuves, Gemma. Je suis vraiment, *vraiment* désolé que tu aies traversé ça.

Mes mots me semblaient si vides.

Elle baissa enfin les bras et se frotta la nuque avant de se tourner vers moi.

— C'est la vie. Chacun ses problèmes. Bon, désolée mais il faut que j'y aille.

Elle alla récupérer son sac à main et mit sa veste avant de glisser les pieds dans ses baskets. J'ignorais pourquoi, mais j'avais comme l'impression qu'elle me fuyait.

— Gemma, dis-je.

Elle secoua la tête.

— Tu ne peux rien faire, Diego. Dis à Harley que je suis désolée que cet avocat l'ait appelée. Je ne sais même pas comment il a eu son numéro. Je te tiendrai au courant de la réponse de mon frère.

Elle traversa la pièce à toute vitesse, si bien qu'elle était déjà la porte lorsque je la rattrapai.

— Quand est-ce qu'on se revoit ? m'enquis-je.

Ses yeux trouvèrent les miens mais ils semblaient être à des kilomètres de là.

— On se verra quand je viendrai donner mes cours de yoga à l'auberge. Demain soir, donc.

— Je ne serai pas là. Je dois emmener des clients à Katmai, je ne rentre que dans trois jours.

— La semaine prochaine, alors, dit-elle d'un air joyeux, son sourire forcé.

Elle ouvrit la porte qu'elle tint pour moi. Je sortis, et j'attendis qu'elle la verrouille derrière nous.

— Et ce week-end ? insistai-je. Je serai rentré.

— J'ai des choses à faire, contra-t-elle. On se verra la semaine prochaine, à l'auberge.

Elle ne me laissa pas l'occasion de débattre plus longtemps ; elle me salua d'un geste de la main, avant de presque courir à sa voiture.

Je restai planté là, et la regardai s'en aller en me demandant comment j'avais pu me tromper à ce point.

Chapitre Vingt-Huit

DIEGO

J'étais presque en retard lorsque j'arrivai au hangar, et je préparai l'avion pour le voyage en quatrième vitesse.

— Merci mon pote, dis-je à Ryan Brooks.

Ryan était un petit jeune qui prenait des cours pour décrocher sa licence de pilote et travaillait en plus en tant que mécano. Flynn l'avait engagé pour s'occuper des petites réparations sur nos appareils.

Même si nous étions tous à même de nous en occuper, nous avions déjà bien assez à faire comme ça. Il me sourit.

— Pas de soucis. Ça me fait du travail, et puis ça fera bien sur mon CV.

Ryan était le frère cadet d'Eli Brooks, un ami qui tenait un service de guide d'activités extérieures et de location d'équipement sportif. Avoir intégré Ryan à l'équipe nous profitait à tous. Nous envoyions des clients à Eli, et Ryan avait l'occasion de faire des heures de vol. Flynn insistait pour le payer à temps plein pour son travail de mécanicien, en dépit du fait que Ryan n'avait de cesse de vouloir lui faire une ristourne.

Il nous donnait souvent de grands coups de main, comme ce matin quand il était venu s'occuper de réparations à la dernière minute. Il repartait tout juste qu'une voiture se gara sur le parking et qu'une famille en sortit. La distraction dont j'avais tant besoin se présenta sous la forme de deux adolescents qui m'aidèrent à charger l'avion. Leurs parents étaient charmants, et toute la famille semblait plus qu'excitée à l'idée de faire une escapade en pleine nature.

Je profitai du fait qu'ils s'installent pour aller chercher mon sac avant de vérifier que ma radio et batterie de secours étaient bien chargées. Mon téléphone vibra tandis que je sortais des toilettes. Je répondis rapidement en voyant le nom d'Harley s'afficher à l'écran.

— Qu'est-ce qu'il y a, sœurette ? Je ne peux pas trop discuter, j'ai un vol à assurer.

— Ah oui, c'est vrai. J'avais oublié que tu partais pour trois jours. Je voulais juste te dire que cet avocat m'avait appelée. Encore.

Elle me raconta la discussion qu'elle avait eue avec lui, une variation de la mienne, ajoutant :

— Il m'a dit que Gemma pourrait avoir de sérieux problèmes si elle ne les contactait pas.

Je fus tenté de hurler de frustration. Gemma m'avait expliqué la situation, et je n'aimais pas franchement qu'Harley se retrouve au milieu de tout ça. Ma sœur, qui détestait qu'on lui dise de se mêler de ses affaires, allait pourtant devoir se mêler de ses putains d'affaires.

— Laisse tomber Harley, d'accord ? J'ai discuté avec Gemma tout à l'heure. Elle n'a rien fait de mal. Le mieux, c'est que tu arrêtes de répondre à ce type quand il t'appelle. Il cherche juste à la pourrir.

— Il faudrait déjà que je sache ce qui se passe, si tu veux que je lâche l'affaire.

Je soupirai d'agacement.

— Daphné avait raison, c'est personnel. Et c'est à Gemma d'en parler à qui elle veut. T'es ma sœur et je t'aime, mais il va falloir que tu me fasses confiance sur ce coup.

Je raccrochai, espérant, priant pour qu'Harley m'écoute.

Sachant que j'avais peu d'options étant donné mes obligations professionnelles, j'envoyai un message rapide à Gemma.

Juste pour info, cet avocat a encore appelé Harley. Je ne lui ai pas raconté ce que tu m'as dit parce que j'estime que c'est à toi de le faire mais je te conseille de ne pas trop tarder à contacter ton frère.

J'hésitai, les doigts suspendus au-dessus de l'écran. Ils brûlaient d'envie d'écrire les mots, « Je t'aime », ce que je trouvais complètement dingue. Non mais qu'est-ce qui me prenait ? J'étais en train de *sérieusement* m'emballer.

Je serai rentré d'ici trois jours. Tu vas me manquer. Si t'as besoin de me contacter, préviens Daphné. Flynn me fera passer le message. Prends soin de toi et surtout, appelle ton frère.

Chapitre Vingt-Neuf

GEMMA

Le téléphone sonna dans mon oreille et le son pesa sur mes nerfs déjà éprouvés. Alors même que je craignais de tomber sur la messagerie de mon frère, il décrocha.

— Coucou Gemma, ça va ? s'enquit Neal.

Je déglutis nerveusement. Mon silence dut durer trop longtemps puisque Neal insista :

— Gemma ?

— Coucou, parvins-je enfin à dire d'un faux air joyeux. J'ai besoin d'aide. Il se passe des trucs bizarres.

Je lui expliquai la situation, un peu surprise par son ridicule lorsque j'évoquai tout ça à voix haute. Je peinais à croire que mon ancien coach ait engagé un cabinet d'avocats qui était prêt à interférer avec ma vie privée dans le seul et unique but de me faire peur pour que je ne témoigne pas.

Neal, de son côté, ne semblait pas surpris le moins du monde.

— C'est le jeu, Gemma. T'as vu les infos. Le moyen le plus simple de museler les gens, c'est de jouer avec leur honte. Ne t'inquiète pas, je vais m'en occuper. Je vais leur envoyer une belle mise en demeure, et demander au bureau du procureur de leur passer un savon. Les tribunaux n'aiment pas trop qu'on aille mettre la pression aux témoins. Je ne sais pas si ça peut être considéré comme de l'obstruction, mais c'est possible. Je doute que tu sois le seul témoin qu'ils aient contacté.

— Mais pourquoi cet avocat appelle mes amis ? Sans parler de ce type avec lequel je suis sortie à peine deux fois. J'ai l'impression qu'ils m'espionnent. Ça fout la trouille.

— C'est le but, répondit-il d'un air agacé. Ils veulent te mettre mal à l'aise. Ils ont dû engager un détective privé qui a découvert que t'étais sortie avec ce type. C'est plus simple de manipuler les gens que tu ne connais pas trop, plutôt que ceux qui font partie de ta vie depuis longtemps. Ton mec n'était pas au courant pour l'affaire, si ?

— Bien sûr que non ! Ce n'est pas franchement le genre de trucs dont on discute comme ça, sur le ton de la conversation. Je n'arrive pas à croire que ce détective privé ait découvert que j'étais sortie avec lui. Ils ont même appelé sa sœur ! C'est une violation de la vie privée. Je suis mortifiée.

— Encore une fois, c'est le but. Je m'en occupe, t'inquiète. Ils vont te lâcher, je te le promets, répondit Neal d'une voix ferme. T'as parlé de tout ça à papa et maman ?

— Pourquoi est-ce que je ferais un truc pareil ? Je suis déjà le vilain petit canard de la famille, autant ne pas les mêler à tout ça, Neal. Même si j'imagine que tu auras du mal à le comprendre.

Mon frère se tut un moment avant de soupirer.

— Je t'assure que je comprends, Gemma. Et tu n'es pas le vilain petit canard de la famille, ne dis pas ça. Maman et papa voudraient être là pour toi s'ils savaient.

— J'appellerai maman tout à l'heure. Il faut que je lui dise que j'ai décidé de témoigner avant d'en parler au bureau du procureur, de toute façon.

— C'est ton choix, en tout cas. Ne l'oublie pas.

— Je sais.

— J'ai un double appel, il faut que j'y aille. Je t'aime, me dit Neal.

— Je t'aime aussi.

Je raccrochai en me demandant quoi faire, à présent. Tourmentée par l'angoisse qui me nouait le ventre, je décidai d'aller faire un tour. Charlie avait besoin de se dépenser, et moi de me détendre. Je devais me rendre à l'auberge pour y donner mes cours ce soir, mais j'avais le temps de faire une balade avant.

———

— Veuillez patienter, me dit le réceptionniste poliment à l'autre bout du fil.

Il était évident que cet homme ne se doutait pas un seul instant de ma détresse. Ce devait être la routine, pour lui, alors que moi, ça m'affolait le cœur et m'empêchait de respirer. Non pas d'excitation, mais d'angoisse. Je pris une grande inspiration, la tension qui m'habitait s'apaisant l'espace d'un instant à peine.

— Gemma ? articula la voix d'une femme.

— Je suis là, répondis-je à toute vitesse, les mots se précipitant sur mes lèvres.

— Ah, je suis ravie d'avoir de vos nouvelles. J'ai discuté avec votre frère un peu plus tôt. Je suis vraiment désolée de la façon dont monsieur Johnson vous traite. Je ne sais pas si ça vous rassurera, mais ils ont fait subir la même chose à plusieurs témoins. C'est complètement déplacé et j'en préviendrai le tribunal. L'accusé se défendra sûrement en disant qu'il n'avait pas la moindre idée de ce que faisaient ses avocats mais je vais m'en occuper, ne vous inquiétez pas.

C'était bien la première fois de ma vie que la réactivité de mon frère me soulageait. Ça avait plutôt tendance à m'agacer, lorsque nous étions plus jeunes. Ma dyslexie m'avait longtemps mis des bâtons dans les roues à l'école jusqu'à ce que nous découvrions d'où venait le problème. Retarder et esquiver mes responsabilités était ma façon à moi de me défendre, à l'époque. Tout le contraire de mon frère. Les choses étaient un peu plus faciles pour moi aujourd'hui, mais les choses n'avaient pas vraiment changé pour autant. Les relations entre frère et sœur reposaient souvent sur les frustrations d'enfance, même lorsqu'on s'aimait.

— Alors, en quoi puis-je vous aider ?

La question de l'avocate me ramena à la réalité.

— Je vous appelais pour vous dire que j'avais décidé de témoigner. J'y réfléchissais déjà sérieusement, mais le harcèlement de cet avocat a fini de me convaincre. Je suis furieuse.

Même si mon interlocutrice ne pouvait pas me voir, je me redressai en regardant par la fenêtre. Les montagnes semblaient monter la garde sur le paysage au loin, calmes et fières, me prêtant leur force.

J'avais beau craindre de traîner ce traumatisme comme un boulet jusqu'à la fin de mes jours, ce procès était mon occasion de redevenir maîtresse de mon histoire. Peut-être qu'avec un peu de chance, ça me permettrait enfin d'affronter mes vieux démons et de les surmonter.

— Ravie de l'entendre, me dit-elle d'une voix douce. Nous ne forcerons jamais personne à témoigner. Je peine à imaginer ce que vous avez dû ressentir lorsque la première enquête a été close sans avoir débouché à rien. Vous ne serez pas seule dans tout ça, et j'espère que ce procès vous aidera à tourner la page. Je tiens à vous dire que nous avons rassemblé des preuves incriminantes contre votre coach. Avec ou sans votre témoignage et celui des autres témoins à charge, je crois sincèrement qu'il sera condamné lourdement.

— J'espère, murmurai-je. J'espère vraiment.

Notre conversation se poursuivit et elle m'expliqua comment les choses allaient se passer, précisant que mon témoignage aurait lieu via vidéoconférence et que j'y serais préparée par l'un des membres de son équipe.

Je raccrochai un moment plus tard, un peu tremblante mais bien déterminée. J'étais prête à aller jusqu'au bout. Mais il ne fallait pas que j'en oublie ma vie ici, en Alaska, et mes cours de yoga. Je sortis de chez moi pour prendre la route de Walker Adventures, regrettant que Diego ne puisse pas être là ce soir.

Chapitre Trente

DIEGO

Je m'appuyai contre la rambarde du point de vue de Brooks Falls, à Katmai, et regardai les ours bruns chasser le saumon dans la rivière. Ça me fascinait toujours autant, quand bien même je les avais vus faire plus d'une fois depuis que je m'étais installé en Alaska.

Je trouvais ça dingue, de voir ces ours gigantesques et majestueux attraper des poissons dans l'eau. Le coin était de toute évidence un restaurant de choix pour eux. C'était notre deuxième jour ici, et la météo avait été plus que favorable à la famille qui avait réservé cette escapade. Le ciel était bleu, tacheté çà et là de nuages blancs laiteux. C'était agréable, même si nous devions aussi composer avec les moustiques. Un bourdonnement près de mon oreille me ramena à la réalité, et je le fis taire en agitant la main. Comme bien des choses en Alaska, les moustiques étaient uniques en leur genre, ici. Si gros qu'on aurait dit qu'ils poussaient de la fonte nuit et jour.

— Coucou Diego, m'interpella une voix.

Je me tournai vers Natalie Taylor. Ses cheveux noirs étaient attachés sous sa casquette, et elle me fit un signe de la main avant de me rejoindre.

— Salut, répondis-je. Qu'est-ce que tu fais là ?

Elle sourit en s'arrêtant près de moi.

— Sûrement la même chose que toi. Je ne suis peut-être pas venue en avion, mais j'emmène souvent des touristes en balade dans le coin. Lacey m'a engagée pour la journée.

Lacey Haynes, qui vivait à Diamond Creek, était à la tête d'une petite entreprise qui proposait des randonnées dans tout l'Alaska avec son mari, Quinn. Natalie, qui était guide et connaissait la région par cœur, louait ses services aux entreprises du coin.

Lacey engageait souvent du monde, comme Natalie, pour lui donner un coup de main en été, lorsque les touristes affluaient.

Une lueur illumina les yeux de Natalie alors qu'elle me scrutait, taquine. Je ravalai une grimace. Il nous était arrivé de coucher ensemble plusieurs fois. J'imaginais qu'on pouvait dire que nous étions amis occasionnels, avec avantages occasionnels. Nous ne nous voyions pas assez souvent pour être vraiment proches.

— Tu passes la nuit ici ? me demanda-t-elle.

— Oui, on part demain matin. Et toi ?

— J'arrive tout juste. Super timing.

Je haussai les épaules d'un air détaché, soulagé que notre attention soit soudain attirée par des bruits alentour. Je me tournai et vis qu'un groupe de jeunes touristes s'était un peu trop approché d'un ours qui s'était mis à courir. Les gamins furent assez malins pour s'éloigner de la rambarde aussitôt.

— Ah, les ours, soupira Natalie dans un sourire. Alors, quoi de neuf ?

— Pas grand-chose. J'aime toujours autant mon travail. J'ai pas trop de temps pour moi avec la haute saison. Tu bosses encore pour Lacey et Quinn cet été ?

— Oui, j'ai accepté trois randonnées. Je vais sûrement passer quelques semaines à Diamond Creek. On pourrait peut-être en profiter pour se voir.

Je soupirai en silence. Je ne pouvais pas la blâmer de me faire une telle proposition. Maintenant que j'y pensais, chaque fois que je l'avais vue ces derniers temps, nous avions profité de la compagnie de l'autre intimement.

Et si je n'avais pas su quoi penser de mes sentiments pour Gemma un moment plus tôt, ils devinrent clairs comme du cristal tout à coup. Je ne m'intéressais aucunement à Natalie, ou à aucune autre femme. Gemma était la seule avec laquelle j'avais envie d'être. Je décidai de me montrer honnête envers Natalie, plutôt que d'esquiver le sujet. C'était encore le plus simple, sachant que nous allions tous deux passer la nuit dans le coin.

— Écoute, dis-je. Je fréquente quelqu'un. Je suis content de te voir mais...

— Mais ça n'ira pas plus loin, intervint-elle en acquiesçant. Compris. Je suis reléguée au rang de simple amie. Merci d'être sincère.

Je fronçai les sourcils, gêné.

— Reléguée au rang de simple amie ? J'ignorais qu'on était plus que ça.

— Ce n'était pas le cas, non. Mais bon, on ne peut pas dire non plus qu'on n'a pas franchi les limites, expliqua-t-elle.

— Je n'avais pas l'intention de te faire espérer quoi que ce soit.

Natalie leva les yeux au ciel.

— Je sais, mais ça ne m'a pas empêchée d'espérer pour autant. On s'amusait bien, ensemble. Et j'ai toujours adoré les types inaccessibles. Mais ça peut être dur à avaler quand le type inaccessible qui nous plaît devient accessible pour quelqu'un d'autre.

— Hé, commençai-je.

Mais je me tus rapidement lorsqu'elle secoua la tête brusquement.

— Oh je t'en prie, ne t'excuse pas. J'imagine que cette fille te plaît. C'est du sérieux ?

J'acquiesçai avant même d'avoir pu réfléchir à ma réponse. Nous n'étions peut-être sortis ensemble officiellement que deux fois, mais il s'était passé beaucoup de choses, entre Gemma et moi. Rien que de penser à elle, elle me manquait terriblement. J'aurais aimé pouvoir rentrer à Diamond Creek ce soir, d'autant plus que nous avions laissé les choses en suspens lorsque j'étais parti. J'espérais que Gemma allait bien, et que ma sœur n'était pas allée lui prendre la tête.

— Tant mieux. Si tu dois tomber amoureux, autant que ça en vaille la peine.

Je ris.

— C'est le cas. J'espère juste ne pas tout gâcher.

— N'oublie pas de lui dire combien elle compte à tes yeux. C'est important, me conseilla Natalie.

———

Nous nous réveillâmes dans le froid et le brouillard le lendemain matin. La brume était tel un épais rideau drapé sur le paysage. Il me serait impossible de voler par un temps pareil. Ça faisait partie du métier, quand on était pilote en Alaska. Nous étions les esclaves de la météo. Sachant qu'aucune autre option ne s'offrait à moi, j'allai trouver la famille que j'étais censé ramener à Diamond Creek ce matin.

— On ne va pas pouvoir partir tout de suite, informai-je le père. Le brouillard se lèvera peut-être d'ici à cet après-midi, on verra. Je vais aller me renseigner auprès des employés du coin et je vais contacter l'auberge pour leur demander s'ils savent à quelle météo on doit s'attendre. Profitez-en pour aller faire une dernière balade. J'espère que vous n'aviez pas réservé quelque chose de trop cher pour la suite de votre séjour.

La mère me sourit.

— Nous savions que la météo pourrait nous retarder, du coup on a pensé à laisser deux jours de battement entre nos réservations pour éviter les galères.

— Malin, répondis-je. N'allez pas trop loin quand même, histoire que je puisse vous retrouver facilement si le brouillard se lève.

Je retournai à l'avion pour contacter Flynn à la radio. Quelques minutes plus tard, il me répondit.

— On ne peut pas décoller, il y a trop de brouillard.

— Je me disais bien que j'allais avoir de tes nouvelles, répondit-il. Tu vas sûrement être coincé encore un jour ou deux. Ils prévoient de grosses pluies de ce côté. Ils n'annoncent pas d'éclaircies avant demain après-midi.

— Merde, marmonnai-je.

— Qu'est-ce qu'il y a ? Ça ne te dérange pas d'aviser selon la météo, d'habitude.

— Je sais mais je m'inquiète pour Gemma. T'as des nouvelles ?

— Je vais demander à Daphné. Harley la laisse tranquille, en tout cas.

— Un vrai miracle, répondis-je en riant.

— Tu veux que je fasse passer un message à Gemma de ta part ? proposa Flynn.

Tout ce que je voulais, c'était la voir. Je n'avais aucune envie de demander à mon ami de lui faire passer un message pour lui dire ce que je ressentais. Pas maintenant.

— Avec un peu de chance, la météo s'est trompée et je serai rentré d'ici demain après-midi.

Flynn éclata de rire.

— Je n'y croirais pas trop à ta place. D'habitude, la météo ne se trompe que quand il est censé faire beau.

Je soupirai.

— Je vais quand même croiser les doigts.

Chapitre Trente-Et-Un

GEMMA

— Yes ! s'exclama Cat en sortant de l'eau, traînant un filet derrière elle.

Je me tenais au bord, le sable sous mes pieds trempé par les vagues qui faisaient danser l'eau. C'était la première fois que je regardais quelqu'un pêcher au filet, et je devais admettre que c'était quelque chose.

Cat me lança un grand sourire en sortant un saumon de son filet. Elle l'assomma d'un coup de masse bien placé avant de le vider, les mouettes hurlant dans les airs au-dessus de nos têtes. L'une d'elles plongea pour venir voler un bout de viscères.

J'avais retrouvé Nora en ville tôt dans la matinée pour aller à l'embouchure de Kenai River avec elle et Cat, au nord de Diamond Creek. L'endroit se remplissait petit à petit, les locaux nous rejoignant avec des glacières, certains vêtus de pantalon de pêche, d'autres de combinaison de plongée. Ils plongeaient dans l'eau gelée avec leur filet, tentant d'attraper les saumons qui remontaient le lit de la rivière.

Étant toute jeune résidente de l'Alaska, je ne pouvais rien faire d'autre que regarder. Cat m'avait parlé des lois qui encadraient la pêche au filet en chemin et m'avait nommée responsable de la glacière tandis que Nora et elle attrapaient les poissons.

Je rinçai le saumon qu'elle avait vidé à l'eau claire alors qu'elle retournait dans la rivière en courant.

Une bonne heure plus tard, Nora me sourit en nettoyant ses bottes dans le parking.

— Eh ben, ça a été rapide aujourd'hui. On a atteint la limite en à peine trois heures.

— Je peine à croire qu'on ait quarante-cinq poissons dans ces glacières.

J'avais été chargée du compte. J'avais d'abord pensé que nous n'attraperions qu'une dizaine de poissons, mais je m'étais vite rendu compte que j'avais intérêt à les compter avec attention si je ne voulais pas être forcée de plonger les mains dans les glacières pour recompter les poissons gluants que les filles avaient attrapés.

Nora rit.

— Je sais que ça a l'air de faire beaucoup, mais ça nous fait des réserves pour l'hiver. Cat, Flynn et moi sommes enregistrés comme un foyer dans la région. Le chef de famille a droit à vingt-cinq saumons, et les autres membres du foyer à dix. Les types qui vivent dans la maison des employés comptent comme un autre foyer, mais ils viendront pêcher un autre jour.

Diego étant absent, et moi encore perturbée et inquiète après notre dernière conversation, j'avais été soulagée que Nora m'envoie un message pour m'inviter à aller pêcher avec elle. Même si Diego restait dans un coin de mon esprit, il ne m'avait pas autant accaparée ce matin qu'à l'habitude. J'avais été trop occupée à profiter de la journée, bercée par le bruit de l'océan et le chant des oiseaux. J'avais même vu un aigle voler un poisson à quelqu'un alors qu'il l'avait tout juste sorti de l'eau.

— C'était incroyable. Dire que je pensais les habitants de Seattle et de Portland fous de saumon, commentai-je.

Cat me lança un sourire resplendissant.

— J'adore la pêche au filet. C'est mon moment préféré de l'année. Tu pourras essayer, l'an prochain.

— Je pourrai venir avec vous ? demandai-je.

Nora acquiesça en jetant son équipement à l'arrière de l'un des pick-up de l'auberge.

— Bien sûr. C'est toujours un moment sympa mais ça l'est d'autant plus quand on fait ça ensemble. Vous êtes prêtes à y aller ?

Elle se tourna vers Cat.

— Ouaip. On devrait s'arrêter à la supérette pour acheter de la glace en rentrant.

Une fois assise dans le pick-up, en route pour Diamond Creek et l'excitation de la matinée passée, Diego revint hanter mes pensées, ce qui fit virevolter des papillons dans mon ventre.

Cat, qui venait tout juste de décrocher son permis, conduisait. Elle m'avait expliqué ce matin que ce pick-up était le seul automatique que l'auberge possédait. Bien qu'elle savait conduire les voitures manuelles, elle préférait les automatiques.

Assise à l'avant, Nora se tourna vers moi.

— Alors, comment ça va avec Diego ?

Je me confiai sans même y réfléchir à deux fois.

— J'en sais trop rien. Vu comme Harley est bavarde, j'imagine que vous savez déjà pour les coups de fil bizarres qu'elle a reçus.

Cat me lança un regard compatissant dans le rétroviseur.

— Tout ira bien. Diego t'aime *beaucoup*.

— Les yeux sur la route, la gronda Nora.

Cat obéit et Nora me sourit.

— Elle a raison, tu sais. Diego est un type bien.

Mon cœur se serra.

— Je sais mais j'ai l'impression d'avoir merdé. Il a essayé de me parler avant de partir mais je l'ai envoyé balader.

Nora me regarda avec douceur.

— Tu pourras discuter avec lui la prochaine fois que tu le verras.

Cat ricana à côté d'elle.

— Quoi ? demanda Nora.

— C'est juste que c'est marrant de t'entendre dire à quelqu'un de parler. Tu n'as plus dit à mot à Gabriel depuis des semaines.

Nora lança un regard noir à sa sœur et je ne pus retenir un éclat de rire.

— Mêle-toi de ce qui te regarde, tu veux ? répondit Nora.

— Jamais, contra sa sœur.

J'eus pitié de Nora lorsqu'elle se tourna vers moi.

— Ah, la famille. Je comprends. J'ai un frère, tu sais. C'est plus facile avec le temps.

Cat me répondit sans quitter la route des yeux :

— Ah ouais ? Parce que j'ai trois grands frères et ils ont tous quelque chose à redire sur ce que je fais.

Nora lui donna une petite tape sur l'épaule.

— C'est parce qu'on t'aime.

— Et c'est exactement pour ça que je pense que tu devrais parler à Gabriel, répondit Cat.

Cette fois, Nora soupira et elle haussa les épaules en se tournant vers moi.

— Je ne suis peut être pas une experte mais Cat a raison, Diego t'aime beaucoup. Que je suive mes propres conseils ou pas, je crois sincèrement que tu devrais lui parler quand il rentrera.

Je fixai l'horloge pendue au mur du studio de yoga.

Mon cours s'était terminé quelques minutes plus tôt, et je savais donc très bien qu'il était à peine plus de dix-huit heures. Je lançai un regard à travers la fenêtre, un soupir aux lèvres. J'étais seule dans le studio alors que je terminais de ranger. Il y avait du brouillard dehors, et il avait pleuviné tout l'après-midi.

J'avais beau ne pas être pilote, il ne fallait pas être un génie pour savoir que Diego ne serait pas rentré à Diamond Creek aujourd'hui comme prévu. Cela ne m'empêchait pas d'avoir envie de le voir pour autant, et ajoutait une couche d'inquiétude à toutes les émotions qui se bousculaient déjà en moi.

J'appelai mes parents et mon frère en rentrant. Ma mère me témoigna son soutien calmement lorsque je lui expliquai que j'avais décidé de témoigner. J'imaginais que mon frère lui avait dit d'arrêter d'en faire des caisses en répétant combien cela me « libérerait ». Mon père, qui n'avait jamais trop aimé le téléphone, prit malgré tout la peine de se joindre à la conversation pour me dire qu'il m'aimait. C'était un peu étrange, mais je n'angoissais plus à l'idée de témoigner. M'y préparer m'avait fait beaucoup de bien. J'avais l'impression de faire quelque chose de concret plutôt que de passer mon temps à m'inquiéter. Je n'avais plus eu de nouvelles de l'avocat de mon coach depuis un moment. Je ris à cette idée. Harley l'avait apparemment envoyé balader en bonne et due forme avant de m'appeler pour me prévenir.

Une fois rentrée, je décidai d'aller faire une balade avec Charlie. J'adorais les longues soirées d'été ici. Ça me permettait de profiter de la fin de journée en sortant du travail.

— Salut toi, dis-je en lui caressant l'encolure une fois hissée sur la selle.

Je pris les rênes et lui donnai un petit coup de talons. Je ne le montai plus en dehors du champ depuis qu'il m'avait mise au tapis, et avait installé quelques obstacles ici et là pour le faire sauter.

Après avoir passé quelques minutes à marcher et à l'entraîner à s'arrêter et tourner, je le fis trotter doucement, inspirant l'air de la campagne. Charlie était un cheval adorable, et il était très confortable à monter. Nous fîmes le tour du champ tranquillement, après quoi je décidai d'essayer un saut.

— Allez, on y va, murmurai-je à Charlie en resserrant les mains autour des rênes.

Il parvint à sauter par-dessus un obstacle bas sans mal.

— C'est bien.

Je lui caressai le cou avant de faire demi-tour pour un autre saut.

Cette fois, il s'arrêta net devant l'obstacle, si brusquement que je passai par-dessus sa tête et tombai sur l'obstacle.

— Aïe !

Un éclair de douleur foudroya mon coude, que j'avais cogné contre la barrière.

Je restai un instant figée sous le coup du choc, avant d'examiner mon propre corps. Ma hanche pulsait et mon coude me faisait un mal de chien, mais je ne notai autrement aucune blessure. Charlie était encore planté là où il s'était arrêté, et il me regardait curieusement, comme s'il se demandait comment j'avais pu finir devant lui.

Je me relevai doucement, prudemment.

— Bon, on dirait que j'aurais dû me contenter d'un seul saut, murmurai-je.

Il hennit et donna un coup de museau dans ma hanche. Je portais mon pantalon d'équitation au lieu de mon jean, dans lequel je gardais habituellement des friandises.

— Rentrons à la grange, que je te donne une petite douceur.

Je retournai à la grange avec lui en boitillant, un peu inquiète pour mon coude. Bien qu'il pulsait de douleur, je pris soin de retirer la selle de Charlie et de le brosser avant de le remettre dans son box. Je décidai de nourrir les chevaux en avance et de les rentrer pour la nuit. Je ne pensais pas avoir l'énergie de les sortir de nouveau.

Je profitai de ma douche un peu plus tard pour examiner ma hanche, sur laquelle un bleu s'était formé, et j'inspectai mon coude. Il était couvert de bleus, lui aussi, et j'espérai que ce n'était pas plus grave que ça.

Je me réveillai le lendemain, le corps engourdi par des courbatures. Ma hanche ne semblait pas blessée en dehors de quelques bleus, mais mon coude avait gonflé durant la nuit. Il allait falloir que j'annule mes cours pour la journée et que j'aille chez le médecin.

Chapitre Trente-Deux

DIEGO

Je fixai l'affiche collée à la porte du studio de yoga de Gemma.

« Cours annulés pour la journée. Merci de votre compréhension. »

Qu'est-ce qui se passait, bordel ? Une vague d'inquiétude déferla en moi. Gemma n'avait pas répondu au message que je lui avais envoyé en rentrant, et personne ne semblait savoir où elle se trouvait.

Ça ne lui ressemblait pas. Je retournai à mon pick-up et pris mon téléphone que je mis en haut-parleur pour appeler Daphné alors que je me remettais en route.

— T'as des nouvelles de Gemma ?

— Euh, non, répondit-elle d'un air surpris. Je ne savais même pas que tu étais rentré.

— Je me suis posé il y a une demi-heure. Je suis passé au studio de yoga pour voir Gemma après ses cours du soir, mais il y a une affiche collée sur la porte qui dit que les cours sont annulés pour la journée.

— T'as essayé de l'appeler ? me suggéra Daphné.

— Évidemment, c'est pour ça que je t'appelle.

Daphné se tut pour réfléchir un instant avant de répondre.

— Je ne vois pas qui appeler d'autre. Elle vit toute seule. Tu devrais essayer d'aller voir chez elle. Je vais essayer de l'appeler de mon côté.

Tout ça ne laissait présager rien de bon. Je pris la direction de chez elle à toute berzingue. Sa voiture n'était pas là et la porte était verrouillée. Les chevaux me regardèrent d'un air curieux depuis le champ.

Je m'arrêtai pour les caresser un instant.

— J'imagine que vous ne savez pas où elle est, murmurai-je.

Je me sentais agité, et il était hors de question que je rentre à l'auberge avant de savoir où Gemma se trouvait. Je sortis mon téléphone pour l'appeler de nouveau. Messagerie. Encore.

— Gemma, c'est Diego. Je suis passé à ton studio de yoga mais j'ai vu que tu avais annulé les cours. Je voulais juste savoir si tu allais bien.

Chapitre Trente-Trois

GEMMA

— C'est une entorse ? demandai-je à l'agréable médecin.

Le médecin, qui insistait pour que je l'appelle Quinn, acquiesça.

— Oui, c'est pour ça que c'est si gonflé. Ce n'est pas bien grave, mais ce genre d'entorse met généralement autant de temps à guérir qu'un os cassé.

— Vous rigolez, soufflai-je, interloquée, en lançant un regard à mon coude.

Quinn rit.

— Le coude est une articulation complexe. Il va falloir que vous le gardiez en écharpe quelques semaines, et je vais vous donner des exercices à faire pour la mobilité. C'est vous qui donnez des cours de yoga en ville, non ?

Il se tourna sur son tabouret, ouvrant un placard. Il se leva pour récupérer quelque chose sur une étagère du haut, une écharpe dans un sachet plastique.

— Voyons si celle-ci vous ira.

— Je suis prof de yoga oui, offris-je dans un sourire lorsqu'il se tourna vers moi de nouveau. J'ai dû annuler mes cours de la journée comme ça me faisait trop mal. Il va falloir que j'improvise un moment avec cette écharpe, on dirait.

— Je suis sûr que ça ira. On peut faire du yoga avec un bras et deux jambes, répondit-il en souriant.

— Docteur Haynes...

Il secoua la tête en pointant du doigt son badge sur lequel était inscrit : « Quinn Haynes, médecine générale ».

— Appelez-moi Quinn. C'est une petite ville et je suis le seul médecin généraliste du coin. Même si je suis votre médecin, je préfère éviter de faire des cérémonies sachant qu'on risque de se croiser au supermarché, voire au bar.

Je souris, le cœur gonflé. Je commençais à avoir l'impression que j'avais trouvé ma place ici, comme si j'étais quelqu'un qu'il connaissait et pourrait croiser au supermarché. Je m'efforçai de maîtriser mon émotion, voulant éviter de fondre en larmes de joie dans le bureau du cher docteur.

— Quinn, j'ai vraiment besoin de mon coude. Je saurai gérer les cours mais je dois aussi m'occuper de quatre chevaux.

— Ah, c'est vous qui vous êtes installée dans l'ancienne propriété de Claire, alors. J'ai entendu dire qu'elle vendait.

— Sérieux ?

Prise de cours par ce changement de sujet soudain, je remarquai à peine Quinn glisser l'écharpe autour de mon bras d'une main experte.

— C'est ce que dit la rumeur. La mère de ma femme sait tout ce qui se passe en ville, et elle est très proche de Claire. Elles s'appellent et s'envoient des messages régulièrement. Si vous aimez les chevaux, vous devriez peut-être l'appeler.

Notre conversation fut interrompue par la secrétaire de Quinn qui vint le prévenir de l'arrivée d'un autre patient, un petit garçon avec un hameçon planté dans la main.

Quinn termina de mettre mon écharpe avant de croiser mon regard.

— Pas de repos pour les braves. J'ai terminé. Je vous demande juste d'y aller doucement avec ce bras et reprenez rendez-vous pour dans quelques semaines en sortant. J'ai été ravi de vous rencontrer, en tout cas. Qui sait, je prendrai peut-être le temps de venir à l'un de vos cours de yoga prochainement.

Il s'éclipsa et je m'exécutai, prenant rendez-vous avant de sortir. Je croisai la femme de Quinn en sortant, Lacey, bien que j'ignorais encore de qui il s'agissait. Elle m'interpella dans le parking.

— Bonjour, me dit-elle d'un air joyeux. Vous êtes la prof de yoga, non ?

Je m'arrêtai, un peu surprise d'être abordée ainsi.

— Euh, oui.

— Je suis Lacey Haynes.

Elle lança un regard à mon bras en écharpe, les sourcils froncés.

— Ça va ?

— Oh, oui. C'est une petite entorse du coude. J'imagine que vous êtes la femme de Quinn, devinai-je.

— C'est ça.

Lacey avait un air chaleureux de garçon manqué avec ses cheveux bruns et ses beaux yeux verts.

— J'ai prévu de venir à l'un de vos cours avec ma sœur, la semaine prochaine. J'aurais voulu venir plus tôt mais bon, vous savez comment c'est.

— Oh oui, la vie a le don de se mettre en travers de notre route, répondis-je. Je suis ravie de vous rencontrer. Je m'appelle Gemma Marlon, au fait.

— Enchantée. Et désolée pour votre coude.

Je souris.

— Ce n'est vraiment rien de grave. Avec un peu de chance, ce sera vite guéri.

— Vous êtes entre de bonnes mains avec Quinn. Vous allez quand même donner des cours en attendant ?

— Oh oui. Je n'ai pas besoin de mon coude pour ça, répondis-je en riant.

— Ah, au fait, Diego devrait être bientôt revenu, ajouta Lacey.

Elle dut lire ma confusion sur mon visage puisqu'elle clarifia :

— Vous sortez avec lui, non ?

J'ignorais comment répondre, aussi je me contentai d'acquiescer pour l'encourager à poursuivre.

— Je tiens un service de guide pour les excursions extérieures et on a envoyé un groupe à Katmai il y a peu. La météo a retardé tout le monde mais on m'a dit qu'il rentrait ce matin.

Quelque chose vibra, et Lacey sortit son téléphone de sa poche. Elle jeta un œil à l'écran avant d'ajouter :

— Il faut que je réponde. J'ai été ravie de vous rencontrer, à bientôt.

Elle me salua d'un geste de la main avant de s'éclipser et je montai en voiture, toutes mes pensées occupées par Diego.

Je m'étais efforcée de ne pas trop penser à lui, ces derniers jours. Mais il fallait que je me rende à l'évidence ; j'en étais incapable.

J'aurais préféré qu'il ne me manque pas. Je trouvais ridicule que ce soit le cas. Il n'était parti que depuis quelques jours. J'avais l'impression d'avoir tout gâché lors de notre dernière conversation, et j'ignorais comment arranger les choses. Diego était le premier homme qui me faisait regretter les horreurs de mon passé. Après tout, quel homme voudrait d'une femme qui avait offert son premier baiser à son coach ?

Je savais, *savais* qu'il était idiot de voir les choses de cette façon. Tout ça n'était pas de ma faute, après tout. Et pourtant, je m'en étais convaincue. Comment aurait-il pu en être autrement, sachant que j'avais appelé à l'aide, et que personne ne m'avait entendue ?

Chapitre Trente-Quatre

DIEGO

Je rêvais d'une bonne douche et de vêtements propres. Je tentais de me convaincre qu'il avait été idiot de courir voir Gemma dès que j'étais rentré. Elle m'avait fait clairement comprendre qu'elle ne voulait pas me voir. Et elle n'avait répondu à aucun de mes messages.

Mais mes mains semblaient avoir de tout autres idées. Alors même que je passais devant la route qui menait à chez elle pour rentrer à l'auberge, je tournai. Dans un coin de ma tête, je me demandai pourquoi mais je ne m'arrêtai pas pour autant.

Je me garai dans l'allée sans le moindre plan en tête. Puis je vis Gemma entrer dans la grange, le bras en écharpe. Quoi ?

Elle ne se tourna pas et je présumai qu'elle ne devait pas m'avoir entendu arriver. Je bondis de mon pick-up et rejoignis la grange en courant. J'y entrai alors qu'elle se glissait dans la pièce du fond, où étaient rangées les céréales. J'approchai à grandes enjambées.

— Qu'est-ce qui s'est passé ?

Gemma sursauta et elle se tourna, les yeux écarquillés.

— Diego ? Qu'est-ce que tu fais là ?

Je la rejoignis, les yeux braqués sur son bras en écharpe.

— Qu'est-ce qui s'est passé ? répétai-je.

Elle poussa un petit soupir en levant les yeux au ciel.

— Je suis tombée. J'aurais dû me méfier mais Charlie avait l'air de se débrouiller tellement bien. Enfin bref, ce n'est pas grave, rien qu'une petite entorse. Quinn pense que j'ai dû me tordre le coude en tombant.

— C'est douloureux ?

— Un peu mais c'est supportable avec l'écharpe. Une aspirine là-dessus et le tour est joué.

Elle se tut, son regard cherchant le mien.

— C'était comment, ton voyage ? J'ai entendu dire que la météo t'avait retardé.

J'étais si distrait que je dus me faire violence pour me concentrer sur sa question.

— Tu as eu mon message ?

Elle fronça les sourcils. Puis elle sortit son téléphone de sa poche et le déverrouilla.

— Ah, j'ai raté l'appel et je n'ai même pas vérifié si j'avais des messages. Tu veux que je l'écoute maintenant ?

— Pas besoin. Je te demandais juste si ça allait, c'est tout.

— Comment était ton voyage ? demanda-t-elle de nouveau.

— Bien. Il a fait beau pendant deux jours et le matin du troisième, il y avait une épaisse nappe de brouillard et il pleuvinait. On était censés rentrer ce jour-là, mais bon...

Nous nous fixâmes en silence, l'air chargé d'émotion autour de nous. Je n'avais pas envie d'insister, mais je *voulais* savoir comment elle se sentait. Je me rappelai le conseil de Natalie.

« N'oublie pas de lui dire combien elle compte à tes yeux. C'est important. »

— Écoute, je sais que le timing n'est pas génial, mais je voulais que tu saches que je suis en train de tomber amoureux de toi. Je comprendrais que ce ne soit pas réciproque, mais je tenais à te dire ce que je ressentais.

La mâchoire de Gemma se décrocha et sa respiration se suspendit. Elle cligna des yeux à toute vitesse, et je remarquai qu'ils étaient remplis de larmes.

— Oh, merde. Je ne voulais pas te faire pleurer.

J'approchai pour la prendre dans mes bras, empli de soulagement et de réconfort lorsqu'elle se blottit contre moi. Je l'enlaçai prudemment, de peur de cogner son bras. Elle était douce et chaude, et elle enfouit le nez au creux de mon cou. J'inspirai son odeur, me délectant de la sentir entre mes bras à nouveau.

Elle murmura quelque chose contre mon torse.

— Qu'est-ce que tu as dit, mon ange ?

Elle leva la tête pour me regarder, les yeux brillants.

— Je suis aussi en train de tomber amoureuse de toi.

Il y avait une vulnérabilité certaine dans son regard et mon cœur s'affola alors que je peinais à reprendre mon souffle. Je remontai la main le long de son dos et la posai sur sa nuque, puis penchai la tête pour capturer ses lèvres. Le contact de sa bouche me foudroya sur place, mais je me fis violence pour maîtriser mon envie d'approfondir notre baiser.

— Heureux de l'apprendre, murmurai-je en levant la tête, un sourire aux lèvres.

Nous nous fixâmes en silence un moment. J'entendais à peine les chevaux qui hennissaient au loin, ou la pie qui chantonnait dehors. Un rayon de soleil traversait la fenêtre, illuminant la poussière qui planait dans l'air.

Un sourire traversa les lèvres de Gemma.

— Ces quatre derniers jours ont été interminables, murmura-t-elle.

— Ah oui ?

Une mèche de cheveux s'échoua devant ses yeux lorsqu'elle acquiesça, et je la glissai derrière son oreille. Puis je capturai ses lèvres de nouveau, chaque baiser succédant à un autre. J'oubliai tout, en dehors de la sensation de sa langue qui caressait la mienne, de ses lèvres douces et de ses petits gémissements.

Les flammes de mon désir s'embrasèrent au plus profond de moi, mais je retombai sur terre brutalement lorsque je sentis son bras en écharpe contre moi.

Je relevai la tête brusquement.

— Merde, j'avais oublié ton bras. Ça va ?

Gemma me fixa, les yeux sombres et les lèvres gonflées par nos baisers.

— Oui. C'est à ça que sert l'écharpe. Je peux à peine bouger le bras là-dedans.

Elle pencha la tête sur le côté.

— Ne me dis pas que tu vas t'arrêter pour ça.

Troublé, une émotion avec laquelle je n'étais pas particulièrement familier, je reculai. Il fallait que je m'éloigne d'elle pour mettre un peu d'ordre dans mes pensées.

— Gemma, tu es blessée.

Elle pinça les lèvres.

— Je me suis juste tordu le coude. On ne va pas s'arrêter pour ça.

— Occupons-nous des chevaux d'abord, suggérai-je.

Gemma poussa un long soupir.

— D'accord. J'étais venue pour ça, de toute façon.

Soulagé, je la suivis et l'aidai à préparer le repas des chevaux. Elle s'agaça lorsque j'insistai pour mettre moi-même le foin dans les box.

— Je peux m'en occuper tu sais, protesta-t-elle.

Je lui lançai un regard blasé.

— Je sais bien. Mais je ne vois pas pourquoi je te laisserais galérer avec un bras alors que les deux miens sont valides.

Elle leva les yeux au ciel en faisant rentrer les chevaux. Quelques minutes plus tard, nous nous tenions dans sa cuisine. Elle me scruta avec attention.

— Parle-moi de ton voyage.

Je haussai les épaules.

— Il n'y a pas grand-chose à dire. La vue était belle et la famille qui avait réservé a adoré voir les ours. C'était top jusqu'à ce que ce brouillard tombe. J'avais hâte de rentrer.

Gemma baissa la tête, faisant courir son doigt autour d'un verre vide posé sur le plan de travail. Elle avait l'air peinée, tout à coup.

— Je suis désolée.

— Pour quoi ?

— J'ai un peu pété les plombs quand tu es venu me parler avant ton départ.

— C'est rien. Tu traversais un moment difficile.

Nous n'étions qu'à un mètre l'un de l'autre, et je tendis la main vers elle. J'avais besoin de la sentir contre moi.

Elle se laissa faire, blottissant la tête contre mon torse. J'enfouis les doigts dans ses cheveux, inspirant son odeur. Puis ses lèvres retrouvèrent les miennes, et mon désir s'éveilla de nouveau. Une fois encore, je m'écartai, levant la tête pour reprendre mon souffle.

— J'ai du mal à garder mes mains pour moi avec toi, dis-je en riant, gêné.

Gemma déposa un baiser ardent dans mon cou.

— Ça ne me dérange pas du tout, dit-elle d'un ton aguicheur.

Je n'eus pas le temps de répondre qu'elle déboutonnait mon jean avant d'empoigner ma queue.

J'étais incapable de lui résister. Elle était de toute façon si rapide avec une seule main que je n'eus pas le temps de me demander comment protester. Je haletai lorsque ses lèvres se refermèrent autour de mon gland, après quoi elle enfouit mon manche dans sa gorge chaude et humide.

Mon orgasme me submergea avant même que je comprenne ce qui se passait vraiment. Gemma se releva dans un sourire satisfait, humectant ses lèvres.

— Tu vois, je n'ai pas eu mal du tout.

Je lui lançai un faux regard noir, avant de la persuader de prendre une douche avec moi, durant laquelle je la menai moi-même à l'extase à l'aide de mes doigts. Nous traînâmes sur le canapé ensuite, et j'appelai l'auberge pour voir si quelqu'un voudrait bien faire le trajet jusqu'à Diamond Creek pour m'apporter un change. Il était hors de question que je quitte Gemma, pas ce soir.

Chapitre Trente-Cinq

GEMMA

Quatre mois plus tard - Automne

— Alors, j'étais comment ? demandai-je, à la fois soulagée et exténuée.

— Incroyable, me répondit le procureur d'une voix ferme.

Il m'empoigna par les épaules, son toucher fort et rassurant, et il me mena hors de la salle d'audience où mes parents et mon frère m'attendaient.

Mon frère acquiesça en me voyant.

— Tu t'es très bien débrouillée. Je me doute que ça n'a pas dû être facile.

Je restai figée un moment, l'angoisse qui m'avait retourné le ventre se dissipant lentement. Je me sentais plutôt bien, étrangement. Dire la vérité avait été plus simple que je ne l'avais imaginé.

— Comment ça se passe, selon toi ? demandai-je à mon frère après avoir enlacé mes deux parents.

— Plutôt bien. Le procureur m'a dit qu'ils avaient attendu d'avoir un dossier béton avant de l'arrêter et avec la masse de témoins qui ont décidé de participer au procès, ce pourri va sûrement finir par changer d'avis et accepter un accord. Il a été bête de ne pas le faire plus tôt d'ailleurs. Le procureur ne va pas être tendre avec lui maintenant.

J'avais encore du mal à croire que le spectre qui me hantait depuis le lycée allait enfin être exorcisé. Ça me faisait un bien fou de sentir le soleil percer ces ombres. Tout comme de me rendre compte que je n'avais jamais été seule. Avec le temps, les vieilles blessures de l'époque s'étaient refermées, et les raisons qui avaient mené à la perte de certaines amitiés n'étaient plus. Nous ne pouvions pas revenir en arrière et tout arranger, bien sûr, mais nous pouvions au moins partager le soulagement de savoir que la vérité avait enfin été révélée, et que notre bourreau allait être puni.

ÉPILOGUE

Gemma

Six mois plus tard - Printemps

Plusieurs mois étaient passés depuis la fin du procès, et j'avais l'impression d'avoir enfin tourné la page sur ce chapitre de ma vie qui m'avait si longtemps poursuivie. Mon ancien coach avait été reconnu coupable de plusieurs chefs d'accusation et avait été incarcéré. Enfin clos, ce chapitre n'avait plus aucune raison de rejaillir dans mon quotidien ni d'affecter mon avenir.

J'avais l'impression d'être chez moi à Diamond Creek à présent, et j'adorais vivre ici. J'étais à la banque avec Diego, un décor décidément peu romantique. La jeune femme qui s'occupait de nous nous avait laissés seuls dans son bureau et je me tournai vers Diego, assis à côté de moi.

— T'es sûr de toi ?

— Certain, répondit-il sans l'ombre d'une hésitation.

Nous étions venus pour finaliser l'achat de la maison et propriété que je louais. Chevaux inclus. Je paniquais un peu intérieurement. C'était un très grand pas, et nous n'étions même pas encore mariés.

Mon ventre se noua sous le coup de l'angoisse. Je déglutis,

espérant l'apaiser. Je ne réalisai combien mes mains étaient froides et moites que lorsqu'il en prit une dans la sienne.

Sa poigne était chaude, forte et assurée, comme tout chez lui.

— Regarde-moi, Gemma.

Je me tournai, surprise par l'intensité de son regard.

— Ne panique pas, me dit-il. Bien sûr que je suis sûr. Je t'aime et je compte bien passer le restant de mes jours avec toi. C'est qu'un détail, l'achat de cette maison ensemble. On ne fait ça maintenant que parce qu'il fallait éviter que la maison soit rachetée par quelqu'un d'autre. Il fallait qu'on se positionne pour éviter de la perdre.

— Tu comptes passer le restant de tes jours avec moi ? couinai-je.

— Je crois qu'on a raté une étape, dit-il en me caressant la paume à l'aide de son pouce.

Il se tourna pour me regarder droit dans les yeux et leva ma main, qu'il retourna pour y déposer un baiser.

— Veux-tu m'épouser ? Je me rends tout juste compte que même si ça a toujours été une évidence pour moi, j'ai oublié de t'en parler.

Tout à coup, je me mis à rire, à pleurer, et il me demanda s'il devait prendre ça pour un oui, un sourire aux lèvres.

— Oui, oui !

Ce fut à cet instant que la conseillère qui s'occupait de nous vint nous rejoindre dans son bureau.

Elle s'arrêta sur le pas de la porte, l'air un peu choquée par la scène qu'elle avait sous les yeux.

— Euh... tout va bien ?

— Oui, répondis-je, un peu plus calme cette fois.

Ce n'était pas un moment romantique comme dans les films, mais à mes yeux, le fait de signer page après page l'accord de vente me semblait être la suite parfaite à une demande en mariage. Comme si chaque signature était une autre preuve de notre engagement l'un envers l'autre.

DIEGO

Plus de trois ans plus tard

Je lançai un dernier regard aux montagnes qui se dressaient devant moi avant que les roues de l'avion se posent sur la piste en bitume, le faisant sursauter légèrement. Je me dépêchai de faire descendre mes passagers et d'effectuer les vérifications d'usage après chaque vol avant de verrouiller le hangar pour la nuit.

J'aimais toujours autant mon travail, mais de nos jours, j'avais hâte de rentrer à la maison une fois de retour sur la terre ferme. Heureusement pour moi, mon patron avait été assez sympa pour limiter mes vols de nuit ces derniers mois. Gemma était enceinte, et la naissance de notre bébé était prévue pour bientôt.

Je me dépêchai de rentrer, un sourire traversant mes lèvres lorsque je passai devant l'endroit où j'avais récupéré Gemma après que Charlie l'avait envoyée valdinguer quelques années plus tôt. Charlie était toujours avec nous, et il lui arrivait encore de la faire tomber. C'était une vraie petite teigne, et je devais admettre que j'avais été profondément soulagé que le médecin de Gemma lui fasse remarquer qu'il serait plus prudent d'éviter de le monter durant sa grossesse. Si je n'étais pas aussi occupé par le travail, je la rendrais sûrement folle à force de m'inquiéter pour elle.

Je venais de m'engager sur l'allée qui menait à chez nous lorsque mon téléphone sonna. Le nom de Gemma s'afficha sur mon tableau de bord et je répondis rapidement.

— Tout va bien ?

— Je suis à l'hôpital. J'ai perdu les eaux.

Je fis demi-tour et traversai la ville à toute berzingue, bien déterminé à arriver à l'hôpital avant qu'elle n'accouche. Nous ignorions encore si nous allions avoir une fille ou un garçon. Nous avions voulu avoir la surprise, mais la seule pensée qui occupait mon esprit à présent était de savoir si Gemma survivrait à l'accouchement.

Je traversai l'hôpital en courant, manquant de bousculer Violet Hamilton. Je n'arrêtai pas ma course effrénée pour autant.

— Ça va, merci ! appela-t-elle dans mon dos.

Je déboulai dans la chambre de Gemma, les yeux écarquillés.

— Ça va vraiment vite, me dit-elle entre deux halètements.

— Pourquoi ça va si vite ? demandai-je d'un ton paniqué au médecin.

Le médecin me regarda en souriant, l'air calme.

— Voyez ça comme une bénédiction. Votre travail est de la soutenir avant tout.

Quatre heures plus tard, je comprenais sans le moindre mal pourquoi on disait que les femmes étaient bien plus fortes que les hommes. Je n'avais jamais douté de la force de Gemma, mais j'étais, pour ma part, à bout de nerfs. J'avais du mal à imaginer comment les pères pouvaient supporter une telle émotion lorsque l'accouchement durait plus longtemps que ça.

Lorsque notre petit garçon hurla et que le médecin m'invita à venir couper le colon ombilical, je craignis un instant que mes jambes ne cèdent sous mon poids. Un peu plus tard, je posai le menton sur l'épaule de Gemma alors qu'elle nourrissait notre fils pour la toute première fois. Les infirmières ne parvinrent à retenir mes sœurs que pendant une heure encore.

Même si mes sœurs pouvaient se montrer un peu trop curieuses par moments, je devais avouer qu'elles nous soulagèrent énormément à notre retour à la maison. J'avais rénové l'étage de la grange pour en faire une petite dépendance et mes quatre sœurs y séjournèrent pour être avec nous pendant plusieurs semaines. Elles nous firent à manger, et prirent en charge toute la logistique tandis que Gemma et moi nous habituions à notre nouveau rôle de parents.

— Tu t'en sors comme un chef, Diego, me dit Harley.

Je tenais mon fils dans un bras, réchauffant de l'autre un

biberon rempli du lait maternel de Gemma. Nous l'avions appelé Jacob, en honneur de mon père.

— Tu le penses vraiment ?

Ma sœur n'eut pas le temps de répondre que Gemma sortit de la chambre, ses bruits de pas presque inaudibles sur le sol de la cuisine alors qu'elle nous rejoignait.

Harley me lança un clin d'œil et elle s'éclipsa, me laissant seul avec ma petite famille ; mon univers.

— Bien sûr que tu t'en sors comme un chef, murmura Gemma en déposant un baiser sur mes lèvres.

— J'avoue que j'en doute, parfois.

Les doutes faisaient partie du jeu, quand on avait un enfant. C'était une expérience à la fois touchante et terrifiante.

— C'est normal, répondit Gemma d'un air assuré. Mais on va y arriver ensemble.

Je la blottis contre moi de mon bras libre. Ainsi, avec ma femme et mon fils dans les bras, j'avais l'impression d'avoir trouvé ma place en ce monde. Les choses étaient comme je les avais toujours rêvées. Je n'aurais pas pu vouloir mieux.

Merci d'avoir lu l'histoire de Diego & Gemma - j'espère que vous l'avez aimée !

Inscrivez à ma newsletter ! Vous pouvez lire deux scènes exclusives de mes autres séries :

Le Match - Scène Bonus

Brûle Pour Moi - Scène Bonus

Ou inscrivez-vous à ma newsletter directement ici : https://jh-croix.ck.page/45405038d4

· · ·

Découvrez l'histoire de Gabriel & Nora dans le prochain tome de la série Des risques à prendre.

Gabriel appartient au domaine du tabou pour une bonne raison : il est le meilleur ami du frère aîné de Nora. Il est aussi très sexy et *beauuuucoup* trop tentant.

Ils *pensent* pouvoir garder le secret. Ils *pensent* qu'ils vont pouvoir réussir à rester de simples amis-amants. Attention spoiler : ils n'y parviennent pas.

Ce n'est qu'après que Nora a cessé de parler à Gabriel qu'il découvre à quel point ça fait mal de briser son propre cœur.

Cet ancien pilote de l'armée ronchon et super canon doit trouver un moyen de reconquérir la seule et unique femme qui lui a volé son cœur.

1-click. Retour à nous